中山出版
ZHONGSHAN PUBLISHING
香山承文脉 好书读百年

中山客
Mini系列

小榄老街

何永成 文

刘惠焕 绘

SPM
南方出版传媒
广东人民出版社
·广州·

图书在版编目（CIP）数据

小榄老街 / 何永成文；刘惠焮绘. -- 广州：广东人民出版社，2017.7（2018.4重印）

（中山客Mini系列）

ISBN 978-7-218-11912-0

Ⅰ．①小… Ⅱ．①何… ②刘… Ⅲ．①散文集－中国－当代 Ⅳ．①I267

中国版本图书馆CIP数据核字（2017）第159587号

XIAO LAN LAO JIE

小榄老街　　何永成　文　刘惠焮　绘　　　　　版权所有　翻印必究

出 版 人：肖风华

责任编辑：李锐锋　冼惠仪
特邀编辑：戴程志
装帧设计：蓝美华

统　　筹：广东人民出版社中山出版有限公司
执　　行：何腾江　吕斯敏
地　　址：中山市中山五路1号中山日报社8楼（邮编：528403）
电　　话：（0760）89882926　　（0760）89882925

出版发行：广东人民出版社
地　　址：广州市大沙头四马路10号（邮编：510102）
电　　话：（020）83798714（总编室）
传　　真：（020）83780199
网　　址：http://www.gdpph.com
印　　刷：广州市岭美彩印有限公司
开　　本：787mm×1092mm　　1/32
印　　张：5.5　　　　　　字　　数：65千
版　　次：2017年7月第1版　2018年4月第2次印刷
定　　价：33.80元

如发现印装质量问题影响阅读，请与出版社（0760-89882925）联系调换。
售书热线：（0760）88367862　　邮购：（0760）89882925

近几年，乡土作家何永成陆陆续续创作了《老街拾梦》《让梦想飞翔》《水乡寻梦》三本文集，不少文章还登载在《YOU 生活》《菊城报》，传阅坊间，深受欢迎，人们称为"追梦三部曲"。他独具特色的文章，如水乡画一样，已成为小榄一个鲜明的"水乡文化"符号。

2010 年，何永成来到久违了的母校——建斌中学。校园内盘根错节的老榕树，清香飘溢的玉兰树，绿羽摇曳的凤凰树，依然那么熟悉。他努力寻找着读书时的景物，然而映入眼中的却是另一番景象。昔日的课室已成了一间间各具面目的艺术店铺，这里已改造为小榄文化艺术品产业基地。放眼园区，翠拥层楼，书香浓郁，当时小榄美协正开展"追寻水乡二十载""水色匣印象"的艺术活动，《夏日清风》《金凤花开榄乡情》《水色匣》等一幅幅田园水乡作品，将他带回到童年时代。走入正义路的古玩街，麻石路面的街道，青砖黛瓦的房屋，蚝壳墙、镬耳屋、旧祠堂、古玩铺等，无不撩动他的思绪，使他仿佛想起童年时生活在蓝田老街的样子。

他读书时十分喜欢文学，作文经常受到老师表扬。走入社会后，日夕奔波，写作慢慢就搁下来。而今又被眼前的景物触动情感，打算重拾爱好，很想有空写写儿时的故事。作为《菊城报》的编辑，我特别高兴，这方面的稿子实在是太少了。当时他还给了我一篇有关旅游的文章，文笔精炼流畅，写得很好，我马上安排在当期《菊城报》发表了。此后一年，何永成的一篇篇老街怀旧文章就在小榄的媒体上不断发表。

蓝田街是小榄镇最古老的一条街道，古时候通过双美桥连通大小二榄，百业汇聚，店铺林立。何永成自少生活在此，那里的一草一木，一店一铺，沧桑岁月，荣枯变幻，他再熟悉不过。石板路、古榕树、小桥流水、桑基鱼塘等景物，捉迷藏、打野战、斗蟋蟀、摸鱼虾的玩耍日子，这些生活碎片给他留下了不可磨灭的印象。他以优美的文笔，淋漓尽致地将这些田园生态、古韵沉淀、乡风习俗、人情世故以及自己青涩的梦境一一呈现在读者面前。何永成的文章没有高调的说理、概念化的语言，没有华丽的辞藻、刻意添加的情节，只有原汁原味的描述，是"原生态心境"的写作风格。他运用讲故事的形式，将坊间旧事、风情习俗，如数家珍，一一娓娓道来，把读者的思绪带进时光隧道中去。篇篇读来，如品香醇美酒，韵味浓郁，乡土气息如缕缕清风，扑面而来。这些文章后来在《YOU生活》专栏连载，广受欢迎，他的文章成为小榄文学的一抹亮光。

在一些朋友建议下，何永成将发表的文章汇篇为《老街拾梦》。为使图文并茂，他还特意专程到石岐找资深的画家梁欣基画插图。何永成的作品深深打动了这位田园水乡画家，撩起了画家对昔日家乡美好的回忆，他欣然应允，并抽空返乡到蓝田街写生，精心创作了多幅老街巷陌旧迹的插图。他还到广州请著名小榄籍漫画家方唐题写书名。

八百多年历史的小榄，自然条件得天独厚，河道纵横，物产丰富，占尽地利，使古越文化与中原文化在此得以融合，中西文化得以交流。小榄自古就是珠三角一个商贸集散地，手工业兴盛，百姓商品意识特别浓厚，很早就形成了"三圩六市"、商贾云集的格局，是一个文化多元交集的地方。小榄的岁时风俗、百业民情多姿多彩，活泼明快，相关的文化娱乐饮食交通等及与百姓生活息息相关的行业各有特色。这些小榄历史人文特色，何永成是深有了解和感悟的。

怀旧之情，人皆有之。何永成自写《老街拾梦》后，更开启了他的文思，他的文字走出蓝田街，去寻找小榄旧日的故事。他首先将视野放在蓝田街口的新市路一带，那里过去是小榄一条十分繁华的商业主路，商铺鳞次栉比，集合了日用百货、陶瓷、山货、药材、鞋帽、布匹、纸品、印刷、旅店、茶楼、蔬果、鱼虾、家禽等行业。这些消失了的行业和事物，何永成十分熟悉，并进一步通过采访当事人和老街坊，深入挖掘整理，陆续写有"新市和婚宴""旧时过大节"等百姓生活习俗；"大富贵茶楼""真真影相铺""允利酒庄"等行业历史轨迹；"沙口河渡轮""一洞梅花十二桥""香飘蚬仔社""辉煌的灯光球场"等地方人文风物。何永成将这些亲历、亲闻、亲见的往事写得细致、生动、有趣，如回放一出出粤语旧片，读之令人饶有兴味，乡心萦怀。

何永成的"追梦三部曲"如此受欢迎，一是由于文章接地气，内容正好击中了读者的心扉。这类作品比较少，鲜有人去写，有经历的人又并非写文章的人，而能写的人又没此生活经历，即使写来亦缺乏真实细节的描述，浮光掠影，泛泛而谈，犹如隔靴搔痒，感染力就不足，这就形成这方面文章缺少的主要原因。土生土长文化回归的何永成，其兴趣加文学自觉弥补了这方面的遗憾。

二是其文风质朴，通俗易懂，语言生动流畅，真挚亲切，字句清新脱俗，写景状物，情景交融。读了他的文章，上了年纪的人犹如置身故事之中，重温童真、少年、青春的梦境，直堪回味。而对于年青人来说，一些远去的事物，他们或者未及接触或感受不深，今天读来无不兴趣盎然。如果说永成是属中年一代，那么其一篇篇优美的散文刚好将老中青三代人的乡愁通过田园水乡之美来紧紧牵引，点燃着炽热的情愫，这就是其文章吸引人的原因。时有异国他乡赤子，港澳台胞回来，得一文集，如获珍贵之家乡精神手信。

何永成二十几年商海拼搏，风雨历练，开创了自己的事业。2010年，他急流勇退，一个华丽的转身，活跃于文化圈中，从创造物质财富领域转到创造精神文化领域。采风行业，寻韵乡间，笔耕勤奋，成为菊城文学社的骨干，开创了另一个人生轨迹。

骆建华在一次小榄书法展览开幕式上说："新千年后的十年，一大批青年才俊文化回归，令小榄文艺大复兴，诗文、书画、篆刻、收藏、武术、曲艺发展全面开花，筑成了小榄开埠八百多年来的历史高峰。"

何永成就是这批才俊中的一员，他"入得厂房，出得文场"，能商能文，人生何其写意。

小榄是一个美丽的菊城，她迷人的风采，蕴藏着丰富的艺术创作素材。文学创作需要细水长流的积累，耐得寂寞的坚持，文化弘扬的担当，期望今后更多的人士创作更多的作品，为水乡文化增添姿彩！

菊城文学社社长　伍汉文

2017 年 6 月

目 录

送别的石板路

　　蓝田是镇上的一条老街，狭长的街道挤满密密麻麻的民居楼房，车辆杂乱拥堵，街灯昏暗，连树木也很珍稀。与镇内其他华丽热闹、绿化优美的街道相比，这条老街陈旧老态，甚至有些寒酸。踏进这条都快要被人们遗忘的老街，思绪绵绵而来，犹如缓缓展开一幅尘封已久的画卷。

　　20世纪六七十年代的蓝田街，全是青石板铺砌的石板路。石板路从老街口一直延伸到双美桥，两侧大都是低矮老旧的青砖灰瓦房，横街窄巷的尽头便是绿野农地。

　　从街口就可望见一棵参天的古榕树傲立于舍人庙十字街头，巨大的树干要三五个人手连手才能合抱起来，榕树伸张着粗壮的臂弯，浓绿的叶子一丛丛一簇簇组成一把绿巨伞。深棕的须髯从舒展的枝臂上垂下来，像一帘帘的水瀑，随风荡漾。榕树主干分叉的树窝可站立几个人，淘气的孩子常常攀上树窝上美美地睡上一个午觉。

雀鸟衔些禾秆、塘泥在老高的榕树权上筑巢，成家立室，生儿育女。鸟儿每天叼着虫子或稻谷飞回来，喂养张嘴待哺乳羽毛未丰的雏鸟。鸟群在树上吱吱唧唧，宛如清脆悦耳的曲调，过着和谐滋美的生活。

石板路特意绕开榕树粗壮突兀的树根弯弯地铺砌，一点也不妨碍根茎的延伸，可见老街前人对榕树的呵护礼遇。大树下的路边砌了几条青石板长凳，让街坊邻里聚坐聊天，讲古下棋，哼唱粤曲，也可以供过路人歇脚纳凉。

蓝田老街从前是城区通往永宁的主干道，其余的通道都要行经一些摇摇晃晃不踏实的木板桥。每年的清明节，经由老街过双美桥往永宁飞驼岭踏青的人摩肩接踵，络绎不绝。

老街前头有十来间的店铺，盘踞街口的湛记棺

石板路，沉淀着历史的痕迹，诉说老街的岁月故事。

材铺是老街上最出名的商铺。前铺后居，二三层的木楼上住了自家人，地铺也是工场。商铺本来叫长寿长生店，也许是老板的名气太响，后来人们就干脆叫湛记棺材铺了。清晨，几位老师傅将一长排高高的木板门拆卸下来，在敞开大门的泥地工场内现场锯木开料、挖凹腔、凿榫、刨木、装嵌、上桐油灰、打磨、扫光油，棺材用什么材料，用多厚板材，让客人一目了然，童叟无欺。棺材只是用几块木板，看起来做得简简单单，其实很讲究工艺，棺材做到头大尾细，左、右、底三块棺木更不用一根钉子，由前后板沿凹凸槽位装嵌，装嵌后天衣无缝，稳重结实，只有盖棺的木板头尾钻四个孔，留待入殓之后打入长钉。家境殷实的大户人家，定做的棺材体形庞大，气势逼人，清漆抹得油亮光滑，木板纹理铮亮清晰，需由八个彪形大汉才能抬得起。而廉价的棺材轻飘飘的，涂上厚厚的棕色，掩盖了木板的坑坑洼洼，只用四人抬便绰绰有余。湛记棺材铺货真价实，手工精致，做出了名声，小榄及周边地区办白事的人都跑到这里光顾。这条街历史上最兴盛的时候，拥挤着很多家棺材铺，旧时也称这条街为棺材街。经过多年的市场竞争，大浪淘沙，最后就剩余寥寥一两家了。

或许是因为老板和蔼可亲的缘故，小时候对棺材铺并没什么恐惧。我们都叫他湛叔，他慈眉善目，圆圆的脸面，圆圆的肚腩，穿一件白圆领线衫，戴一副一圈圈的深度近视眼镜，为人和气厚道。湛叔儿孙满堂，一般的家庭用铝锅煮饭，他家却像大饭

棺材铺，见惯人世间的生死。

堂一样，用大铁镬烧饭。铁镬烧饭都会烧出一大片烧焦的锅巴，湛嫂总会分一点锅巴给邻居的小孩。小孩子喜欢在他们开饭前溜到厨房门口，总能分到一小片锅巴，薄薄的又香又脆，放嘴里咬起来吱吱嚓嚓作响，好吃又有趣。

古榕树下，舍人庙旁边是作工小组，作工经常聚集在屋铺里，听候工作安排。他们有负责担棺材的，通常都是牛高马大的壮汉。从棺木出殡到抬上永宁飞驼岭，中间是不能停下来的，一班挑夫只能轮流担棺而行，过双美桥是最难的一关，遇到体型庞大的棺材，一班挑夫可要咬紧牙关，流着豆大的汗同心协力才能抬过去。也有专门负责收尸入殓的作工，通常这些人都是瘦弱之人，负责帮逝者脱衣服，洗擦身体，穿寿衣，在棺材里铺上一层用白纸包住禾秆灰卷成的吸水包。遗体入棺后，作工还会很专业地拉一条红线于棺材的中轴上，以鼻、嘴、肚心对准中轴线，然后在头部与身体的两边放置吸水包固定遗体，直至主人家满意才盖棺打钉。作工接触遗体从不戴口罩，也不带手套，做事从容不迫。作工有时也会收童尸，用布整个包住，捆在单车货架上，穿街而过，遇见路人时一边响着车铃一边叫着："喂，尸！"吓得路人大惊失色，赶紧闪避。也许是仵工长期接触逝者的缘由，街坊邻里并不恐惧棺材铺，倒是对仵工敬而远之，避之则吉。

街上有灯笼铺，专事死人灯笼的扎作出租，办丧事的人来这条街买棺材找仵工，顺便租一对写大岁数的白灯笼，找花圈铺租几对鲜花花圈。

镇上办丧事的人家出殡多在中午，只要老远听到鼓笛齐鸣，老街上男女都飞快的躲回家中，连骑在古榕树上玩耍的小顽童都骨碌碌的溜下树来，奔跑回家肃静回避。人们挤在自家门内，隔着齐肩高的矮脚掩门向外观望。

送殡的队伍浩浩荡荡，抬祭帐、花圈的人走在前面，接着是鼓笛队，披麻戴孝的亲属在棺木前后高声痛哭，声恸长街。后面是长长的亲戚朋友的队列，白色的买路钱不断的抛在石板路上。主人家就在舍人庙古榕树下分发利是与糖给送殡的人。

生命终结的人在这条长街的石板路走完人生的最后一程，生离死别的悲情场面，时常在这条老街上上演。

老 街 的 店 铺

　　湛记对面是远近闻名的蟾蜍膏药铺，明基医师承传了祖传一味秘方。黑亮巨大的木雕蟾蜍就摆在厅堂的柜台上，行人路过一看到此蟾蜍就知道是卖膏药的，免不了要谈论一番，有很强的广告效应。每天上午，许多父母背着头上身上长了脓疮而哭哭啼啼的小孩来看病。明基医师忙碌地应诊，将白色的药散倒于一张张黑如漆土的药膏上，贴于小孩的脓疮上面。不一会儿，店铺内弥漫了浓浓的膏药的气味。明基医师还有一门手艺，就是帮人箍木桶、木饭盖。下午没人求医的时候，他就去摆弄这门手艺。别小看这十几块小木板的功夫，他工艺精湛，箍好的木桶、木饭盖经久耐用。

| 老街的店铺,是一个时代的印记,即便
时代已过,还是保留着那种韵味。

　　老街上还有纸料铺、纸扎铺、花圈铺、车衣铺、
绣花铺、雕刻铺、理发铺、写挥春写信件的档口,
还有生意做得红红火火的打铁铺。打铁铺里充满阳
刚气息,弥漫着煤炭燃烧时呛鼻的气味。壮汉裸露

着上身，拉起风箱，烧铁的煤炉通红的喷着火舌。壮汉将长铁钳夹住烧红得铁块放在铁枕上，叮叮当当的用铁锤锻打各式各样的铁器，然后夹住铁器泡在水里淬火，水里立刻发出嗞嗞的声音，冒起一缕缕白色水蒸气。打铁铺做很多工具，锄头、斧头、柴刀、镰刀、铁钎、铁铲、铁锹、锁链、大钉，林林总总，数不胜数。

也有人家专业做铲刀磨铰剪、补铁镬、换铜锅铝锅锅底的行当。小孩子最好奇，最爱看补镬，一蹲就是大半天。补镬的人将旧瓦煲的圆手柄敲开一个阔圆口，放置在煤炉之中，拉起小风箱烧旺了炉子，放一些生铁碎块在瓦煲柄中烧红融化。补镬佬架起铁镬，左手捧住叠了几层的厚布，厚布上垫了一撮禾秆灰，右手用铁枝粘泥做成的勺子舀起融化通红的铁水倒在灰布上，迅速从下填补镬底的穿孔，右手用布柱赶快将镬面的铁水压平压密。补镬佬将乌黑的铁镬捧过头顶，仔细查看镬底有无小孔透光过来，若密不透光的话，就在补孔炽热的铁块上下涂上一层塘底泥浆，补镬就算大功告成了。

街上有位何姓的老人，外号胡须六，清瘦的身板，脑壳光秃秃的，下巴留着一束长胡须，温文尔雅，一副学究的样子。街坊都很尊敬有学问的长辈，尊称他叫六叔。六叔能写一手漂亮的毛笔字，在近街的厅堂专事写婚庆对联、春节挥春，也当是一门职业。六叔写毛笔大字前，通常会先捋一捋那束长胡子，用长指甲拈去毛笔尖的脱毛，然后气定神闲地落笔，一气呵成。以前，好多人都没文化不识字，于是要写书信的人便寻上门来，找到六叔代笔。六叔一边听一边写，写完信，便会抑扬顿挫地念给客人听，客人见六叔念得感情丰富，文采飞扬，也是满心高兴，留下些代笔钱，满意而回。六叔凭着一支笔，一盒墨水，一叠纸张，养活了妻子儿女，这份职业令人羡慕不已。

街上雕刻铺的生意也很好，顾客盈门。雕刻是一门专业的手工艺术，雕刻师傅专业雕刻店铺牌匾、家庭神台的神祇牌、建筑木器的花卉图案，有时也做旧式大床床楣上的雕龙刻凤。

理发店是老街人最钟情的地方，家家户户虽然穷，但容不得男人长头发，头发长了似乎与坏人有关，会被人骂长毛贼。故此，男人头发一长，就往理发店赶。一块玻璃镜，一张陈旧的铸铁理发椅，一把手动金属推剪，一把梳剪，一把长而尖的修发铰剪，一把剃须刀，一把木梳，便是一间理发店。小孩子最喜欢剪发，但最害怕剃须刀，生怕老师傅突然一个喷嚏，会有什么意外。老师傅剃脸毛前，总爱用小圆毛刷沾些水在肥皂上旋几圈，将润滑的肥皂液涂上额头、下巴、发脚上。师傅拿起剃刀，在挂在墙上的牛皮带上唰唰唰来回刷上几下，然后亮着锋利的剃刀在额头脸上小心翼翼的剃汗毛。夏天时脖子围上白色理发披风，热得直冒汗，那时还没有电风扇，师傅就在屋梁吊装了一张长方形的纸板，连着一根绳子，排队轮候理发的人会主动过去上下拉动绳子，为师傅与理发的人扇纸板降温。理完发，师傅会用棉团沾些爽身粉，轻轻扑在小孩的脖子上，让小孩干干爽爽，香喷喷，高高兴兴地离开。

老街有片不大的门店，有一个老太太在此做了一辈子的针刺绣花。她的手工刺绣精致生动，要结婚或新屋入伙的人老早就来订一些单幅、三幅或四幅的绣花成品，镶嵌做成玻璃木框镜。

老太太白净清瘦，满头银发，脑后束了个利落

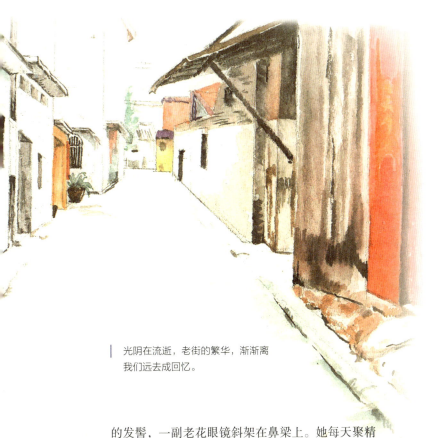

光阴在流逝，老街的繁华，渐渐离
我们远去成回忆。

的发髻，一副老花眼镜斜架在鼻梁上。她每天聚精
会神地坐在布架前，布满皱纹的手指捏住利针在绷
得笔直的白布上上下穿刺，将彩线巧妙地配衬组合，
牡丹花草、松树白鹤、鸳鸯蝴蝶便活灵活现在雪白
的绸布上。

　　小时候我常静静地驻足于老太太的布架前，惊

叹于她的精妙手艺，慢慢地有一丝想学绘画的冲动。可是，家里买不起绘画的纸张彩墨。哥哥是个出色的泥水工匠，他想出一个办法，在天井的一块墙壁上涂抹上水泥沙浆，墙面扇刮得非常精细平滑，最后涂上石灰水。于是，我在硕大的墙壁白板上用墨汁毛笔学绘着没有色彩的花草树木、高山湖泊、小桥流水、飞机战舰，反正想到什么就画什么，画满了画面就用石灰水涂一遍，干后又是一张洁白的画板。这样反反复复地玩弄，既有趣又省钱。

双美桥下水流淌

老街的尽头，是一座用红米石筑砌的双美桥，弯若彩虹，横跨蓝田永宁两岸。石拱桥历经几百年的风雨侵蚀和无数脚步的践踏，仍然坚挺牢固，可见古时建筑石匠工艺技术的严谨扎实。双美桥头有一棵参天的古榕树，与舍人庙十字街头的大榕树遥遥相望，如一对见证历史岁月的守护者。20世纪五十年代，从北方飞来一群候鸟白鹭，在依旁水道的古榕树上安居生息，白天飞到附近的池塘觅食。那百鸟飞鸣的景色仿若仙境，煞是好看。榕树有三四百年的树龄，饱经沧桑，乡人以老为尊，对古树顶礼膜拜，致使四季香火鼎盛。时有乡人虔诚跪拜，将契仔契女的红纸条贴上树身，祈求树神庇护孩子健康成长。

　　大榕树下有间专营刻凿坟头石碑、石护栏、拜台石板的石铺，铺内堆放了一排排的石板料，陈列着几款石碑样板。客人或选用正楷，或选用隶书字体定做，石铺便按照客人要求的具体规格来做。工场里，凿石师傅左手握铁凿，右手拿铁锤，叮叮当当地敲凿名字，雕凿石板线条花纹。满是尘粉粗糙的手，敲打出精致厚重的石碑。

　　双美桥下清清的河水潺潺不息，弯弯曲曲的河涌边长着许多上了年纪的龙眼树，龙眼树枝壮叶茂，夏天里挂满了沉甸甸让人垂涎欲滴的果实，浓密的

　　龙眼又熟了，却已见不到当年龙眼树下的热闹场景。

树冠遮挡住热辣辣的阳光。姑娘与大妈躲在浓荫里，三三两两地结伴在河边埠头搓洗衣服。

黎明时分，晨雾笼罩了双美桥与大榕树，朦朦胧胧的埠头停泊着农民进城装载肥水的木艇，皮肤黝黑而健硕的农民挑着木桶到老街上吆喝着沿街收购肥水。老街人习惯到鱼塘上的茅厕大便，小便就在家里解决，家家户户都有瓦缸储尿，俗谓肥水不流别人田。农民随身带着火柴，进入民居时划着火柴，察看一缸尿的容量，有没有掺水，铵味冲不冲鼻，然后为值一角几分钱而讨价还价一下，谈好价钱便挑桶进屋倒肥水，完事了，屋主会舀上一两壳干净水，帮农民冲洗干净双手。农民穿街过巷，一会儿就收满两桶肥水，待到太阳出来的时候，农民就收满了一木艇的肥水。心满意足的悠然摆渡回去，浇菜种地。

夏季，每当日落西山时，老街人陆陆续续带着衣服肥皂来到双美桥游泳。要知道在岭南水乡到处是河涌鱼塘，不让孩子熟习水性，家长心底不踏实。三四十年前，学游泳还没有救生圈之类的东西，大都是在晚饭后肩托一张木桥凳来的，人就依仗着木

小桥、流水、人家的水乡气韵，极富诗情画意。

桥凳浮浮沉沉的仿着狗仔划水的手势，拼命地蹬着腿脚，拍得水花四溅。有时大人跃进水面激起浪头涌来，几口河水就灌进小孩鼻孔肚子里，呛得直流眼泪。

更有横蛮的大人，二话不说，将小孩子往河心

里抛出去，小孩子只有在河心里死命地扒手蹬腿，连喝了几口河水，浮浮沉沉划到埠头的石板，边喘气边哭着骂："爸，我还未学会游水，你丢我水里去，想淹死我吗？"

大人却故作严肃地说："不多喝几口河水，哪能学会游水？这里喝水不花钱。"

说得小孩子一脸的委屈，泪水鼻水一直流。小孩子又爱戏水，哭过了透过气了，一骨碌就泡到河里戏水去了。

水就是那么的神奇，懂水性的人仰面朝天浮在水面，气定神闲，怎么也不会沉到水下，而不懂水性的人任你怎样拼命挣扎，也会半浮半沉的被淹个半死。

双美桥是少年人玩跳水的表演舞台，少年人轮番站上高高的桥顶，冲刺抱膝跳、一字倒插式、直板笨猪式、花样众多，每一跳都引来河里孩子们的阵阵哗叫声，跳得好的获得一片赞叹声，跳歪的就引来阵阵嘘声喝倒彩。

游泳非常消耗体力，疲惫歇息之时，孩子们就立于浅水的岸边，在长满青苔的石块缝间摸捉小螃蟹。小螃蟹天真活泼地爬来爬去，嘴巴不停地喷涌着口水泡泡，一副淘气逗人的样子。待人一靠近，它便敏捷的躲进石缝深处，捉这些小家伙要眼明手快，而且要有点耐性。

农民的木艇在双美桥下划过，木艇要躲让游泳的人，人在水中也要闪躲木艇的桨橹。偶尔有载满了沙石的木船经过，除有一人掌舵外，船翼板两侧需要两位壮汉用粗竹竿一头撑住河床，一头顶住前肩，前倾着身板吃力的走向船尾板，然后提起淌着水的竹竿走向船头，重复地撑着沉重的木船前行。人生有时犹如这艘载负了沙石的木船，虽然沉重而艰难，人们仍然向着目标竭尽全力默默支撑着前行。

童年的桑基鱼塘

老街有一所陈旧简陋的蓝田小学，小学后面有一片围墙残缺、无人护理的树林花圃，地上杂草丛生。那里有参天挺拔的白兰树，粗壮舒展的鸡蛋花树，常常吊满青果的番石榴树。更多的是生命力旺盛，绿叶丛丛叠叠浓得密不透光的红花树，那些娇艳欲滴的红花招惹了嘤嘤嗡嗡作响的蜜蜂来采花蜜。孩子们在花圃玩得又饥又渴时就摘下红花，将花蕊含在嘴里吸吮，那些汁液清甜润喉、甘美绵长。

我小时候特喜欢白兰花，常攀上树摘满一裤兜洁白无瑕的花朵，带回家里，用一只丰收瓷碗盛着，放浅浅的清水浸养。屋里便幽幽的弥漫了一阵阵的清香，连在门口串门的大姑二婶都大赞："你家里好香啊！"

女孩子会悄悄地从瓷碗里拈一两朵白兰花放在衣袋里，去到哪里也会散发出丝丝幽香。于是，相熟的男子也会讨好地赞上几句："靓妹子，好香哟！"

男孩子最喜攀上鸡蛋花树，摘些白中带鹅黄色的香薰扑鼻的鸡蛋花，收集成一小堆，一起拿到镇上的药材铺去换一角几分钱。高大的鸡蛋花树臂弯粗壮，树皮粗糙，极易攀爬，但常常让孩子们吃尽苦头。树枝粗如手臂，但脆弱易折断，小孩子攀到树枝的尾端摘花，一不留神就会连着断枝摔落地上，不是脑袋撞起个肿包，就是屁股摔得疼上好几天。小孩子头上撞了肿包，回家大都不敢吱声。大人发觉了就会脱了拖鞋，用鞋背按住肿包一圈一圈的揉，一边说些注意安全的大道理，直疼得小孩子满眼泪花，只是强忍着不哭出来。大人说这样揉会散淤血，不知有没有道理，反正揉过之后，小孩觉得头上的肿包似乎舒服一点。

还是攀爬番石榴树踏实，它的树枝即使纤细如手指，却是坚韧有弹性，那时候做弹弓都是选用番石榴树的丫枝来制作的。这片树林让孩子们练得身手非凡，个个像灵猴一样敏捷。

这片树林是玩捉迷藏的好地方。孩子们围成一圈猜包剪锤，猜拳输了的小孩，伏在墙角，闭上眼睛数到二十，张开眼，刚才还叽叽呱呱的十几个小伙伴悄无声息地消失于密密麻麻的灌木花丛之中，刚刚还喧嚣熙攘的花圃顿时寂静下来。小孩东搜西扒，满头大汗，身上粘了蜘蛛网丝，肌肤让灌木荆棘划花了，花上半天时间才搜出三几个小伙伴。眼看天色已晚，他只好悻悻地高叫："都出来啦，我认输啦！"

在树林里，能清晰听到校园围墙那边的琅琅读书声，上下课敲铁板的清脆钟声。童年时很渴望上学，渴望挂着书包去校园读书识字，学习文化知识。

毗连花圃是大片的农地，一口口宽阔的鱼塘。太阳初升时，农民从远处收割了满满两箩筐还沾着雾水的青草。来到塘边，将青草抛落鱼塘里，平静如镜的鱼塘顿时白浪翻滚，白花花的鱼群涌上水面争抢觅食。农民满头大汗地站于塘边，脸上露出惬意。

分隔鱼塘的农地种植了一人多高的绿油油的桑树，农民每天早上挎个竹箩采摘碧绿的桑叶。等到

缀满枝头的桑葚，令人想起童年时攀摘掉入河中的情景。

农民采摘了满箩桑叶，回去蚕室喂养蚕虫，孩子们便一溜烟似的钻进桑树丛中，出手如灵猴一般利索，将长得熟透成紫色的桑果摘到嘴里嚼食，果实爽脆，味道甜中带点儿酸。从桑树丛出来时，人人的小嘴唇均染上紫蓝色，都像中了毒似的。农民对此也爱理不理的，他们在乎的是收获桑叶。

那时，我曾试着养了十来条小蚕虫，从田里摘了新鲜的桑叶，蚕宝宝看见了绿油油的桑叶，争先恐后地爬过来，用胸前那些小脚钩住桑叶，沿着桑叶的边狼吞虎咽地吃起来。桑叶营养丰富，蚕宝宝吃了，会很快成长。它们圆圆的脑袋，小小的眼睛，

闲暇之余养着这群可爱的家伙，
别有一番乐趣。

白胖白胖的小身躯，整天不停地吃桑叶，可爱极了。蚕长大后，在竹蚕窝上开始吐丝了，一个个昂头挺胸，慢慢悠悠地晃来晃去，吐啊吐啊，没完没了，好像蚕肚子里有团丝线，永远抽不完扯不断，没几天，就吐了厚厚的一层，将自己包裹起来。双手托腮，静静看着蚕宝宝吃桑叶，从小白到大白，吐丝结茧，也是童年的一大乐趣。

小榄种桑养蚕业最鼎盛的时期是 20 世纪七八十年代，种植桑基面积达一万亩，养蚕业名满珠三角。当年设在龙山脚下的中山丝厂就是从事蚕丝加工生产的知名企业，生意做得非常红火，女工们经常加班加点。蚕茧一身都是宝，在工厂车间剥茧抽丝后生产出一捆捆雪白的蚕丝，剩余一堆堆金黄的蚕蛹，卖到农贸市场上，成了老百姓饭桌上的佳肴。韭菜爆炒蚕蛹，香气四逸，甘香可口。家里熬上一锅韭菜生菜丝蚕蛹粥，每人都会拿个寓意丰收的八角瓷碗，盛上热气腾腾的粥，洒上些胡椒粉到粥里面，当做一顿正餐美美地吃上两三碗。那味道非常鲜美，人们都交口称赞。

南塘的黄昏

舍人庙古榕树南面的地方叫南塘，田野上有一大一小两口鱼塘，大的那口有几十亩大，小的那口是只有两三亩的曲尺池塘。

那口小鱼塘有半边傍着民居与竹树林。在春夏之际，不知从什么地方跑来无数的蟾蜍。灰黑丰满的蟾蜍浑身疙瘩，外貌丑陋，却是捕食蚊蝇菜虫的能手。它们笨乎乎的，人要拨弄它也不怎么跑，不似青蛙那么机灵，人一靠近，就"扑通"一声跃进水塘里，一下子没了踪影。

无数的蟾蜍浮于碧绿的池塘上，成双结对的骑着肩膀，像在举行一场盛大的集体婚礼。"咽咽咽"的叫声此起彼伏，如一个超级的合唱团，从白天唱到黑夜，唱得震天响。盛大的场面引来老街上的大人与孩子围住池塘，观看免费的演唱会。

集体婚礼后，母蟾蜍留守在池塘里，产下大量的卵子。不久之后，碧绿的池塘就游荡着无数摆动着尾巴的小蝌蚪，慢慢地又变成无数灰黄的小蟾蜍。它们爬到岸上，轻盈地弹跳，奔向田野菜地，奔向茂密竹林，去寻找它们新的生活。这些在课堂上学不到的生物课，就让孩子们在眼皮底下观察到，弄懂了。原来大自然中的蛙类是这样繁殖成长的。

南塘那口有几十亩大的鱼塘，三面是田野，一面是连绵的老街住宅后院。鱼塘的一隅建了一座青砖石板结构的厕所，塘边以长石板凌空架了两条小斜桥，连接上男女厕所的门口。男厕所的墙壁砌到一米五左右的高度，形成长长的通风窗廊，屋顶瓦檐伸到外面，下大雨也不轻易下到屋内。只有大鱼塘才有如此高大上的厕所。一般的小鱼塘只是用一些竹木松皮棚搭成，走上去吱吱作响，微微摇晃，进去方便也战战兢兢。

那时上池塘厕所似乎是一种享受，不用忍受陆地厕所难闻的气味，又不用冲水，节能环保。排泄

物一掉落碧水里，立即涌来鱼群，张大那圆圆的嘴巴，一口吞掉便潜得没了影踪，剩下那些饥肠辘辘的还张着嘴巴游弋，久久不愿离去。人类厌恶的东西，掉进水里，却成了鱼儿争先恐后的至爱美食。这种取自大自然，也回归于大自然的方式，似乎没抓鱼，捉虾，玩水，南塘是儿时的乐园。

有什么东西浪费。

南塘的水上厕所基本没什么异味，所以小孩子有事没事都喜欢爬在厕所的栏壁上，吹吹过塘风纳纳凉。下雨时，也喜欢待在这里躲雨，爬在栏壁上，伸出手臂，让屋檐的雨水滴滴答答地打在手心上。鱼塘上雨雾迷濛，雨点打在水面上，溅开如千千万万个铜钱形状，煞是壮观好看。

有些调皮的男孩最喜欢捉弄人，看看一些人不眼顺的便悄悄抱一块石头，躲在其背后，从坑洞狠狠地扔下去，"轰"一声巨响，溅起几米高的水花，弄得前面蹲坑的人沾满水珠，气得那人震天响怒吼起来："哪个天打雷劈的死人头作弄我，让我捉住，非打断他的腿……"待出来后，那个坏男孩早跑得无影无踪，大概躲到大榕树下的角落里，与几个小孩笑得人仰马翻。待那人从厕所出来还骂骂咧咧的

风筝飘在天边，放飞的是快乐，
也是梦想。

寻找"凶手"，几个小孩就收起笑容，装作若无其事地在地上玩泥沙。

黄昏时分，一大群青年人与孩子们坐在辽阔的鱼塘边，好多人将赤脚泡在绿水中拍打，溅起点点的浪花。他们在一起富有节拍的拍掌，碧绿的鱼塘上顿时跃起一尾尾银白色的鲮鱼，在空中划过一条条优美的弧线，欢快的插入水中，似乎在跟他们打招呼。孩子们天真烂漫地欢笑，手掌更起劲地拍起来。

橙红的太阳在暮色中散发着柔和的光辉，空中飘着风筝，长长的尾巴很优雅潇洒的摇摆，像是嬉戏追逐即将消隐的夕阳。筑于塘畔的高低错落的瓦顶房屋冒起一缕缕炊烟，远处传来呼唤"骚女""九仔"回家食饭的声音。

农夫牵着水牛，肩挑竹担，身披斜阳的余晖，缓缓地走在田埂的归途上。

满天的彤云渐渐的黯淡下来，燕子在鱼塘上空展翅飞翔，黑蝙蝠也在暮色中倾巢而出，忽高忽低掠食蚊虫作美味晚餐。

宽阔的鱼塘上倒映着夕阳破碎的光影，凉风从水面带着湿润的气息拂面而来，渗透进每个人的肌肤毛孔，人们深深呼吸着大自然恩赐的清新空气。偶尔有人捏住瓦片朝水面飞铲出去，瓦片擦住水面飞驰，留下一圈圈的涟漪，然后缓缓地沉下水里。

爱唱歌的青年人轻轻地哼起电影歌曲：

> 西边的太阳快要落山了，
>
> 微山湖上静悄悄。
>
> 弹起我心爱的土琵琶，
>
> 唱起了动人的歌谣……

干 塘 摸 鱼

　　每到一定的时节，老街周边的鱼塘开始抽水干塘，老街上无论大人小孩都暗地里高兴。

　　大口的鱼塘要用电水泵抽几天的水，抽到差不多了，农民就用竹鱼围将鱼群赶到一角围起来，然后将鲜活蹦跳的鱼捞上木桶运走。农民收起竹鱼围，代表他们已经收获完毕。农民的脚步刚离开，老街的青年人便争先恐后下去塘底寻找漏网之鱼。青年人身上挂个窄口的小鱼篓，一脚深一脚浅的在乌黑的稀泥里摸索，经验老到的人常常能在脚底的烂泥捞到一两条胡子鲶或黄鳝，甚至摸获生鱼。抓到鱼的青年人高举沾满乌黑泥浆的双手，嘴巴尖叫起来，兴奋得摆动着身板。顿时引得鱼塘上尚未有收获的青年人情绪高涨，更加落力地手脚并用，去摸索寻找潜于烂泥下的鱼儿。即使经验生疏，青年人至少也会捞到些手掌大的蚌或娇小玲珑的田螺。青年人捞到鱼儿，有的拿到附近的菜市场换钱，也有的拿回家丰富一下伙食。

小孩子不敢踩到鱼塘底的稀泥里，怕整个人陷进去爬不出来。小孩子在鱼塘较踏实的地方挖一大块粘韧性强的泥巴到老街上玩，这些泥巴可随心所欲地捏成男女人物、猫狗动物、坦克、军舰等形状。小孩子三五成群地围在屋檐下玩泥巴游戏，各自将

干塘后摸鱼的场景，十分热闹。

泥巴捏成薄薄的碟子或大碗，捧在手上叫嚷："睇清睇楚，无穿无烂。"然后将碗碟大力的倒扣地上，爆开一个大裂口，要比赛的对方用泥巴填补碗碟的大窟窿，最后以拥有最多泥巴者为胜利。输了也没什么大不了，到鱼塘里再挖一大块粘泥回来报仇。若互有输赢的话，一团泥巴就可玩上大半天。

农民捞完鱼，塘底总要晾在太阳之下晒些日子。这段时候，便是老街人挖塘泥的大好时机。从前，煮饭煲汤不是烧柴便是烧蜂窝煤。家家户户挖了塘泥，首要重任是用来拌煤粉。选择阳光灿烂的时候，在屋前的空地，用铁铲将一定份量的泥浆与煤粉充分混合，借用街坊的铁模来压蜂窝煤饼。压煤饼的铁模手柄有长有短，短柄的铁模压煤饼时，整个人要蹲下来，用力将煤饼压得平滑结实，将煤饼挤出，晾晒在空旷之处。几十个煤饼做完，整个人像要散架似的，腰杆也直不起来。

老街上很多家庭趁着干塘挖一些鱼塘泥晒干，弄成小粒块，在屋的后院或天井的角落，用青砖砌围一堆塘泥，栽上水瓜或节瓜的种苗。朝夕用水喷洒幼苗，纤细嫩绿的苗藤就渐渐沿着插在土中的竹

枝向上缠绕，待藤蔓茁壮之后，除了早晚浇水，也会时不时淋上些自家尿缸的肥水。越来越粗壮的瓜藤不知不觉就爬满了竹棚，叶子茂密的将院子遮得只剩下星星点点的阳光，瓜藤静悄悄的开花结果，长出幽香扑鼻的水瓜或毛茸茸有点儿刺手的节瓜。瓜藤上鲜丽的黄花吸引了细小而色彩艳丽的小甲虫纷纷飞来，爬行流连于瓜棚之中。种植这些瓜果几乎没有成本，又可以缓解一下家里的温饱问题。

老街人还在瓜棚下圈养一些鸡只，以谷糠、杂菜叶喂养。昂首挺胸的公鸡在黎明时高亢的啼叫声在街头巷尾此起彼伏，成了老街人起床的定时闹钟。小孩子喜欢喂鸡，若捉到蚯蚓、蟑螂或蜈蚣，就扔到后院里，鸡只雄赳赳眼瞪瞪地跑过来，以利爪按住垂死挣扎的猎物，以尖嘴啄食，很快就吞咽个精光。听到母鸡"咯咯咯"急速的叫声，就知道母鸡又下蛋了。小孩子最喜欢去鸡笼掏母鸡刚生下来还带着体温的鸡蛋，做香滑可口的蒸水蛋。逢年过节宰鸡祭神之后，又可以饱餐一顿。油光发亮的公鸡尾毛还可制作成毽子，鸡毛、鸡内金还可以换钱。

鸡笼下面积聚的鸡粪更是种植瓜菜的上好肥料。我上蓝田小学的时候，学校组织学生交肥料到校办的农场，交鸡粪记劳动积分最高，木柴灰次之，煤灰、坑渠泥最次。家里若存有大量鸡粪的话，班上的同学都会巴结讨好你，盼求你分一些鸡粪给他们拿劳动积分。

灵动的夜晚

　　夏夜，深邃的天幕上星星眨动眼睛，老街外四野漆黑，萤火虫闪亮着诡异的绿光在夜空中游荡，到处是浑厚的蟾蜍鼓鸣和清脆的蟋蟀叫声。

　　蟋蟀声是旷野中最动听最诱惑人的，几个抵不住诱惑的青年人互壮着胆，打亮手电筒去寻找"蟀"迹。蟋蟀喜藏于瓦砾的缝隙之中，人们认为叫得清脆响亮的那只就是强壮有战斗力的。青年人竖起耳朵，循着蟋蟀的叫声搜索，弓着腰，脚步轻轻地走近，手轻轻的翻动瓦片，一揭到蟋蟀的藏身之处，它就敏捷的弹跳逃逸，青年人快捷地扑上去，手掌形成屋脊般罩下去，它不断弹跳，人随即扑上去，快如闪电地轻罩下去，还生怕压伤压断它的手足须翼。

当捕到腿臂强健、通体棕黑油亮的蟋蟀，青年人都高兴得合不拢嘴，小心翼翼地装入特制的竹管内，用布团封好口子。

老街上喜好蟋蟀的人家都储了各式的小瓦缸，细心喂养骁勇善战的蟋蟀斗士，遇到相约来挑战的人就捧出爱将格斗，一决高低。若有客人看上别人的爱将的也可交易买卖。

登龙巷有一户人家就养很多蟋蟀。斗蟋蟀的时候，一班人围在一起，谁也不准喧哗，先放一只蟋蟀落瓦缸，再放一只，初时两只一碰头就调头而走，似乎礼让，按兵不动。主人用一根扎了老鼠须的小笔杠，轻轻在蟋蟀的尾部撩拨，蟋蟀慢慢张起薄薄的翅翼，精神抖擞，爽朗地鸣叫起来。头对头对峙一番，一方闪电般冲过去，撕咬打斗，几个回合，便有一只调头而逃。如果是势均力敌，旗鼓相当的，双方一定大战许多个回合，你来我往，拼个你死我活，杀到东歪西倒，伤痕累累。看得观众暗地里直叫爽。只是苦了那主人，为了受伤的宝贝一阵阵绞心的痛。

炎热夏夜，男人赤裸上身，人手一把大葵扇，围坐在老街的屋檐下纳凉，摆一张小桌，点一盏煤油灯，泡一壶英德红茶，就天南地北神聊起来。一根用老粗竹做的水烟筒让众人触摸得油黄发亮，晚上就轮着人抽水烟。男人在烟管嘴塞上一撮自己刨削制作的黄烟丝，一边用一支长香点燃烟丝，一边在烟筒上方吞云吐雾。一人抽完了，将长香插于烟管嘴内，又递给下一位享用。

当时我年幼稚气，对此好奇无比。有一回趁无人在家之时，捧住水烟筒想试一试，抽水烟是怎样的感觉。我用嘴包贴紧上方的烟筒口，深深地倒吸一口气，一股又臭又辣的烟筒水直灌进喉咙，喉咙一痒，胃里的东西顿时翻江倒海般汹涌而出。我蹲在坑渠口的角落里吐了好半天，还害得一整天都吃不下饭，两腿发软，家里人以为我生病了。在那之后，我再不敢碰一下水烟筒，甚至于看一眼那水烟筒就反胃了。

南塘的小鱼塘边有一片竹林，老街的孩子都喜欢聚集在这里玩，还堆了一个砖炉，作烧烤用。孩子们在竹林里捉到竹虫，现烤现食，鲜味十足。在野地里割下未长熟的青皮芭蕉，也置于砖炉上点火

> 竹林里，几个小伙伴动手烧烤，
> 很有趣、很欢乐。

薰煨，剥去焦黑的蕉皮，没有了青蕉苦涩难咽的感觉，煨熟的芭蕉肉香甜可口。在野地上挖到番薯，小孩子除了洗净生食外，也常在这里煨熟了吃。这片竹林，不知不觉中成了孩子们野餐的天地。

一户人家的天井大院毗连竹林，庭院生长一棵高大的杨桃树。繁茂的树冠将院子的天空遮了浓荫一片，连枝叶都伸出围墙外，成熟的黄澄澄杨桃挂满枝头。孩子们时常在竹树林玩耍，面对满枝头的杨桃，禁不住口水直流。庭院的地势低，竹林的地势高，倚在这户人家的墙头，枝头的杨桃伸手可及。孩子们忍不住在墙头摘下几颗杨桃，用小刀横切成星星的块状均分了吃，酸酸甜甜的肉质，水润饱满，细腻而无渣，特别解馋。墙边的杨桃摘完后，里面的伸手摘不到了，便在竹林捡一竿折倒在草地上的青竹，用小刀在竹头破一个裂口，将小竹片卡于裂口上。孩子们躲在墙头后面，伸出竹竿瞄准树冠上那些熟透的杨桃，见一个拈一个。杨桃树的男主人见墙头的果实日渐稀疏，还有竹竿伸过来在树上拈来拈去，气得吼叫着喊打喊杀、喊捉贼。孩子们被男人突然爆发的怒吼吓得魂飞魄散，慌忙丢下竹竿，弓着身子四散而逃，恐怕被屋主认住面貌寻上门来。

　　那时老街民风淳厚，家教甚严。大人常常说，小时偷针，大时偷金，小时学坏，长大就变大坏蛋，救不回来了。哪个小孩被投诉有偷盗行为，肯定逃不过父母"藤条炆猪肉"的大刑伺候。家长握住鸡毛扫，将藤条往孩儿的腿子屁股上狠狠地抽，打得啪啪作响。孩儿一个劲地蹦跳闪避，但一只手臂早被抓得牢牢的，要逃跑，那比登天还难。直打到孩子屁股开花，鬼哭狼嚎，泪如泉涌，求饶认错。人们严守家训，宁愿狠狠教训孩子，使他们受些皮肉之苦，长点深刻记性，做一个正直的人。

旧时光的童年游戏

南塘的农地四季轮番种植各种蔬果，生菜、椰菜、芥兰、番茄、茄子、番薯、豆角、南瓜，数不胜数。生菜翠亮的嫩绿，韭黄素雅的淡黄，番茄诱人的艳红，茄子泛光的紫色，是四季收获流行的色彩。最美丽最令小孩着迷的莫如一行行绿油油的菜地，当菜花灿烂开放的时候，黄灿灿的花海幽香阵阵，引来蝴蝶翩翩起舞。

老街上的孩子们高兴得手舞足蹈，相约一起，跑到一行行的菜地里捕捉蝴蝶。小孩有喜欢捕纯黑的，有喜欢捉纯白的，也有对色彩斑斓的穷追不舍。小孩子知道农民种地的辛苦，人人都很守规矩，小心翼翼走在窄窄的泥道上，抓蝴蝶时尽量平衡自己的身体，以免践踏农民的菜地。在蓝天白云之下，小孩子张开手臂，蹦跳着抓捕在头顶上盘飞的蝴蝶，脸额上挂满了晶莹的汗珠，一个个喜悦开心的笑容尽情绽放，露出灿烂纯真的笑容。

每捕到一只蝴蝶，手上总会沾满蝴蝶身上掉落滑滑的带有光泽的蝴蝶粉。孩子们将大大小小的蝴蝶小心翼翼地夹在纸簿里珍藏起来，大家聚集于屋檐下，相互比评哪个捕到的蝴蝶最大最漂亮。

盛夏，蝉儿是这个季节最高吭激昂的好歌手，是孩子们人见人爱梦寐以求的玩物，但它们却躲在高高的树桠上，不轻易让人徒手捕捉到。

有经验的大人教导小孩子用长竹枝在末端扎一个乒乓球拍模样的竹圈，然后跑到檐前屋后的阴暗角落，将蜘蛛网不断的缠绕在竹圈上，黑蜘蛛为了保命，眨眼间逃得无影无踪，留下一张张粘韧柔软的丝网。小孩子拿住这些神奇的丝网去捕蝉，不用费力攀树，往树桠的蝉身上一粘，网到擒来。捕到蝉后，孩子们人手一只汇聚到榕树下，蝉儿拉开嗓门激昂地鸣叫，像一场高音歌唱比赛。

快下雨的时候，天空灰沉沉一片，田野上蜻蜓群在盘旋低飞。它们长长的纤腰，背上薄而透明的翅膀如飞机翼一般张扬着。

　　孩子们以网兜捉获了蜻蜓，在它的纤腰上系上线儿，在街头巷尾嬉戏放飞，它一会儿盘飞，一会儿静止停留在空中，像一架架无声的小飞机。蜻蜓在空中飞，小孩子牵住线儿在地上跑，这是多么开心的快乐时光！

每个小孩子都喜欢小蜗牛，一看见小蜗牛走路便蹲下来，静静的看着它萌萌的晃动那对天线一般的触角，背起旋涡形状的房子慢吞吞的爬行，那肉肉的笨笨的样子实在可爱。小蜗牛不喜欢大白天，又怕热又怕遇到天敌，出来溜达，一旦碰到鸟儿的话，恐怕就小命不保了。所以出太阳的时候，它就躲藏起来睡懒觉。小孩子要抓小蜗牛来玩，通常去到阴暗的墙脚或竹树头，翻揭破烂的砖瓦，捡拾外貌成熟强壮的小蜗牛。小蜗牛被抓住了，便机智地将软绵绵的身子与触角躲进坚硬的蜗壳里，任凭你怎逗弄就偏不出来。小孩子也聪明，将削尖的小竹刺插进蜗牛的凹窝里，两手不断地搓动小竹刺，不一会儿，旋转的离心力就将蜗牛的虫体抛出来了。当收集到一定数量的小蜗牛壳，孩子们便聚合一起打蜗牛壳，以壳尖对壳尖用力对刺，当听到嚓嚓声不断将对手的蜗牛壳刺得粉碎的时候，胜者便感到自豪与高兴。谁战到最后，谁就是蜗牛王。

　　陀螺是老街上必不可小的玩儿，从小孩到青年人都玩得如痴如醉，乐不思归。陀螺用木头雕凿而成，上圆下窄，底部尖处敲入一根小钢钉，以减轻旋转时的摩擦阻力，旋得更快更稳更久。用竹枝上的布绳子缠上陀螺几圈，左手捏住陀螺的上下两端，右手猛一拉动绳子，陀螺一下子弹跳起来，稳稳立于地上飞快旋转，速度减慢时抽上几鞭，便又飞旋起来。斗陀螺时，制作质量好的陀螺会飞旋着将另一个陀螺撞到老远。老街较开阔的平地上，常有陀螺玩局，"噼噼啪啪"鞭打陀螺的声音此起彼落，鞭得旁观者心痒难耐，忍不住要加入战局。

五彩缤纷的木陀螺，旋转起来的样子令人生出梦幻般的感觉。

小孩子围一起，使劲挥动手中的小鞭子，愉快地追打着飞速旋转的木陀螺。

夏日骄阳把石板路晒得如热锅一般，小孩子赤脚走在石板上很是滚烫，慢慢地脚板底就磨起一层厚茧，渐渐也就不怕烫脚了。只在傍晚冲凉时才穿上拖鞋，白天不穿鞋是让拖鞋更耐穿一点，鞋子是越走越薄，而人的脚板皮却是越走越厚，赤脚走路连"香港脚"也消灭了。老街的小孩子不会寂寞地呆在家里，满街巷满田野跑，一个夏季下来，满街的小孩子都晒得一身古铜色的肌肤。

荒野外的战斗

　　三四十年前，人们普遍清贫，物质生活不丰裕。童年时家里只管一天食两餐，口袋里没一个零用钱。游戏的玩具都是自己制作，当然不花一分钱。

　　荒郊野地上的芭蕉树是制作玩具的最佳材料之一。孩子们把壮实的芭蕉树割倒几棵，用树干制造了两挺"重型机关枪"，几把"冲锋枪"，还有好多"手榴弹"。芭蕉叶制成一杆杆的"军旗"，芭蕉叶削尖梗茎便是一把把锋利的"东洋刀"。折下洋紫荆树的枝叶编织成一圈圈的野战帽。孩子们聚集在古榕树下，由两个小"将领"猜拳分配兵力。准备完毕，两队装备齐整的野战军抬着"机关枪"，胸挂"冲锋枪"，腰佩"战刀""手榴弹""弹弓"，

田间地头的打野战，是孩子们最过瘾的游戏。

在大人们的注视下，浩浩荡荡出发，威风凛凛高唱歌曲《三大纪律八项注意》，开往荒野外打野战。

双方选好地方，摆好阵势后，小"将领"下令："同志们，开火！"

两队野战军顿时杀声四起，"手榴弹"一个接一个扔向敌方阵地，嘴里同时大喊着"轰——轰——"的爆炸声。中弹的小士兵模仿战争电影的情景，惨叫着捂住伤口，痛苦地挣扎着，留下临别遗言："战友们，永别了！……"然后慢慢地闭上眼睛，直挺挺躺在地上壮烈"牺牲"了。

弹弓的"子弹"呼啸不断射向敌阵，随着一方中弹士兵纷纷倒下，兵力越来越少，兵力占优的胜方"将领"大喊着："战士们，冲啊！杀啊……"

胜方"将领"的副官把手卷在嘴巴前，吹奏起进攻的号角，进攻者高擎着芭蕉叶军旗冲向敌阵，包围占领敌军阵地。"伤亡"惨重的一方眼见大势已去，只有灰口灰脸丢下武器，举起双手乖乖投降。胜利者则高举武器，欢呼雀跃。

芭蕉树还是制作小帆船的好材料。孩子们用芭蕉树的茎壳作船体，前面扎成尖尖的船头，后面做

在小"将领"的带领下，孩子们斗志昂扬向前冲锋。

成密封的船尾，以薄铁片插在船尾作舵，插小竹枝作桅杆，硬竹壳片扎成风帆，以黏稠的塘泥作船体缝隙的密封胶。

孩子们每人做好一艘帆船，捧到宽阔鱼塘的上风口，十几艘小帆船齐刷刷放到碧波荡漾的鱼塘上。制作精良的小帆船借助风力的推动，快速漂向对岸，而制作毛糙的帆船刚漂出十几米就歪歪斜斜的失去平衡，倾倒在鱼塘上。有些塘泥密封不好的帆船，漂着漂着就慢慢渗水了，漂到鱼塘中央就进水淹没了。有些孩子望见自己的帆船乘风破浪前进，兴奋地高叫起来，手舞足蹈跑往对岸，迎接帆船的胜利抵航。

随着城市化的推进，池塘与芭蕉林几乎消失殆尽，现在的孩子们也有了新的玩具。

忆蓝田小学

　　许多年前，蓝田小学的校园是一间间简陋的砖瓦屋课室，一排排老旧的木书桌、木凳子。课室外墙涂了黄色的石灰水，室内涂白色石灰水，这样课室就亮堂一点。课室外面有一些用砖头水泥砌成的乒乓球台，没有网隔，只好捡一些破旧砖头摆在球台的中间作分隔线。当时乒乓球风靡一时，同学们使用的都是以木板做的球拍，打起球来滴滴当当作响，也打不了旋转，只有极少数的同学拥有贴上胶粘粒的球拍。

　　我读小学期间，正处于轰轰烈烈的"文化大革命"时期，我们真正读书的时间很少，作业也很少。每天早晨在操场上做广播体操，常常在课室全班合唱"东方红，太阳升……"或者歌唱"大海航行靠舵手，万物生长靠太阳……"

早堂第一节课，通常是自学《毛主席语录》或《毛泽东选集》。

学校经常组织同学们书写大字报，也经常开忆苦思甜大会邀请贫下中农到校园，讲述旧社会如何受地主、资本家压迫剥削，有时也会押一些地主、资本家上台批斗。

20世纪70年代，政府动员知识青年上山下乡，插队落户，接受贫下中农的再教育。小学生也要参加农场的义务劳动。每个同学都会积极参加义务劳动，力争做个"又红又专"的少先队员。

学校有两个小农场，一个农场种植蓖麻树、向日葵。听说蓖麻果可提炼航空油，可支持国家的航

墙外的树影依旧婆娑，蓝田小学却已经被撤销。

空运输建设，种向日葵是代表学校每个同学的心永远向着红太阳。

另一个农场种植了番薯、玉米，同学们从翻泥、下种苗、浇水、施肥、除草，俨然如农民一般做得井井有条，庄稼苗壮成长。校园有一个猪舍，平常也要同学们学习如何养猪。农场的番薯成熟了，满地爬藤，我们常常收割些番薯藤叶剁碎了，与谷糠混合煮熟了喂养猪只。同学们还上街捡蕉皮、西瓜皮作喂猪饲料。在那特殊的年月，每个同学都喜爱劳动，积极争先，如果当选劳动委员或劳动积极分子也是很光荣的事情。

最难忘的是立于校园中央那间高大的祠堂，厚重的青砖墙壁，数根粗壮的石柱支撑着粗大的纵横交错的木梁屋脊。墙壁上装了不知道从哪家富户拆卸而来的趟栊门，让同学们锻炼腹肌与臂力。用长竹竿或粗绳子绑在高高的横梁上，锻炼同学们的攀爬技巧与胆量。下雨天，便在祠堂摆下木马，铺上垫子，全班同学练习奔跑跳木马。这个祠堂是同学们最爱疯玩的地方。

我们读小学的时候，男女之分十分严格，时常在书桌上划出清晰的"国界"，并时时刻刻加以守护保卫。若一方越过边界，另一方会立即用尖锐的铅笔尖直刺"入侵者"的手臂，"入侵者"就会闪电般退回自己的边界之内。

男生阿树就是保护"国界"的坚强"卫士"，跟他同桌的女生是班上的女汉子。有一回，因为女汉子越过桌上的"国界线"，他就用铅笔尖刺了一下她的手臂，双方一下子爆起口角推搡起来，动作也越来越大。女汉子手打脚踢，再加上嘴咬，她的泼辣凶悍令阿树渐渐有点招架不住了。好男不与女斗，惹不起还躲得起，溜！他在众目睽睽之下逃出课室，被发飙的女汉子在操场上狂追了几圈，走投无路，没法子，最后蹿进了男厕所。

女汉子傻眼了。她急刹止住脚步，又气又恼，双手撑在腰间，气喘如牛地说："你这个胆小鬼……你还是男人吗？有胆量就滚出来……看我怎样踩扁你？"

阿树挤出一对斗鸡眼，得意洋洋将双手装牛角的放在两耳上扮鬼脸："追我呀，怎么不追啦？我怕你有牙吗？你有胆量就爬进来，看我怎样收拾你！……"

双方就这样僵持着，一个不敢出来，一方不敢进去。女汉子气得直喘粗气，只好干瞪眼，指着他骂："看你能待多久，让你在厕所里面臭死你！"

那时的厕所很简陋，臭气熏天，绿头苍蝇从头顶飞来飞去嗡嗡地叫，学生若不内急也不轻易进去，真难为了这个男生。他的忍耐力特好，还沾沾自喜地说："臭，哪里臭？里面好香呀，我喜欢呀！"他还微闭上眼，装着深呼吸的样子。

他的话也挺有杀伤力的，直气得女汉子一副要作吐直翻白眼的样子。上课的钟声敲响了，她才悻悻走回课室。他东张西望，见不到她的身影，才敢摸着墙角溜出来，直到上课老师走到课室门口，才趁机坐回自己的座位。课室内，起码一半的目光都聚焦在他俩的身上。从此之后，阿树在书桌上划下的界线就名存实亡了，成了课室内唯一不设防的课桌。看来，战争不是上策，但一场局部战争确实解决了问题，恢复了边境的长久安宁。此事成了校园经典的"女追男"事件，成了同学们课余谈论的话题。

一洞梅花十二桥

新市路与蓝田低基里之间有一条"梅花洞"街，因为明代榄乡名人李孙宸作有"五松六路三丫水，一洞梅花十二桥"之句而扬名。

梅花洞一带在明代万历年间，是榄乡何大襄南漪馆私家园林之地，崇祯年间转为东阁大学士何吾驺的别墅。今梅花洞之地仅是当年园内其中的一处梅林，种植梅花千株。每当花开时节，清香四溢，人行其间，恍如走进了神话中引人入胜的神仙洞府，故有梅花洞之名。

清康熙三年（1664年），因海禁迁村之劫，此地景物荒废。康熙八年（1669年）复界后，何吾驺之孙何栻在此重辟园林，改名南塘，自号"南塘渔父"。南塘主人在此隐居，既不应试，亦不问世事，开"湖心诗社"，终日与一班文人墨客在此唱和，觞咏尽欢。南塘园界北至蓝田坊，南临旧十二桥涌，东接今新市路大园，西至低基里，花园有数十亩，内筑轩庭堂桥水榭，挖泥砌石为山，四周环水，景色迷人。而梅花洞之地仍遍植梅树，香气飘逸，是南塘十景之一，名曰"东林白雪"。

当时南塘主人曾有诗云：

诗僧几个太清癯，

千树梅花一寺孤。

片片晚风吹作雪，

酒船飘满又平湖。

诗中所说的寺，就是隐秀禅院，亦叫隐秀寺，今已易地在圆峰山侧边重建。隐秀禅院还有一段故事：和尚释正是浙江人，因家贫自少出家。其父曾任巡检，罢职后与妻随同一宦官来广东。后来父亲因病死亡，其母流落小榄，无以为生，南塘主人何栻收留她当保姆。转眼十多年，释正兄弟思念父母，不

坐在池塘边戏水、观鱼，孩子们乐此不疲。

知存亡，乃千里迢迢，联袂沿途化缘至广州，多方访寻探问，几经波折，最终在小榄得以与母相聚。僧贫无归，欲结茅庵于榄，奉佛以报亲恩。何栻怜惜释正兄弟，为他们集资，在南塘东边溪畔筑一禅寺，让他们在此住下，早晚喃呒，修律斋戒。隐秀禅院当年也成了南塘十景之一。

南塘主人繁华盛世之后，儿孙后人不善运筹经营，家道中落，园地易主，千树梅花所剩无几，景象黯然失色。

1949 年新中国成立后，此地收归镇集体农场所有，将南塘的人工湖改为鱼塘，梅林改种桑果。

20 世纪六七十年代，我见到的南塘仍然是一片绿野田园，鱼塘、菜地、竹林，风光绮丽。八十年代，南塘被征收、砍伐了竹林，填埋了农地鱼塘。现在建成密密麻麻的居民楼房，孩童时在此快乐玩耍的绿色田园已荡然无存了。

今天，梅花洞内已很难寻觅到古木园林的气息，短短的一条小街，除却巷口梅花洞的门牌，已没有和其他普通街巷有区别的地方了。现今的梅花洞，没有令人赏心悦目的花草树木，也没有雅致的景色，

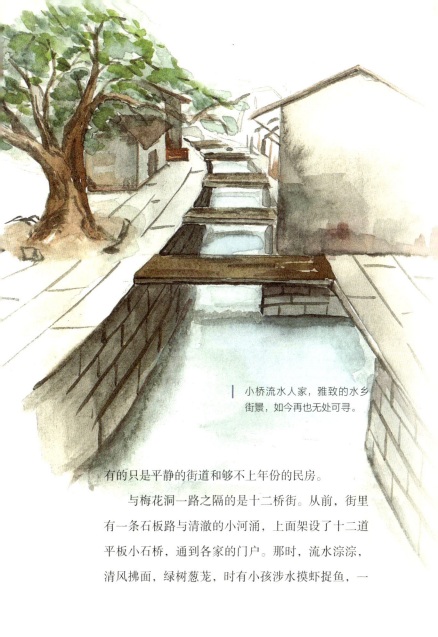

小桥流水人家，雅致的水乡
街景，如今再也无处可寻。

有的只是平静的街道和够不上年份的民房。

与梅花洞一路之隔的是十二桥街。从前，街里
有一条石板路与清澈的小河涌，上面架设了十二道
平板小石桥，通到各家的门户。那时，流水淙淙，
清风拂面，绿树葱茏，时有小孩涉水摸虾捉鱼，一

片优雅趣致的水乡街景。

20世纪80年代，这条街的小河涌被填埋了，小桥流水不复见，十二桥也就徒有其名了。现在，这里还有许多的李姓人家留守居住，老宅院混在新楼房之间，那老砖门庭颇有古典韵味。

不久前，我重访十二桥街，拐进一条横巷，寻到二巷十六号，一间外表简朴的民居平房，门口刻着"珠玑毓秀，榄水流芳"两行苍劲的石板对联。走进天街，但见墙壁划上青砖线条，屋顶是传统的木梁盖瓦片，恍惚时光倒流了几十年。厅堂挂满书法画卷，台面摆放一些线装古书，一股雅致的书卷气息扑面而来。李氏后人已将此屋辟为宗亲堂，当做泰宁李氏的文化室，在此可以查看翔实的李氏族谱、历代李氏出类拔萃的人物资料和一些诗书画册。

从前，从十二桥至云路、东区基头一带，都是李氏族群聚居之地。相传七百多年前，李氏先祖从南雄南迁到小榄，那时小榄几个山头已有人居住，开垦田地。李氏先祖当时来到泰宁横冲登云桥一带，看中此地，欣然定居下来，开垦、围基。登云桥原先是李氏基围上的桥闸，明朝时族人李孙宸当了朝廷大官才改名登云桥。

七百多年来，小榄李氏家族培育出不少官宦名人，李孙宸官至南京礼部尚书，李默斋成为一代风水大师。特别是近代，出了不少的名医、艺术家、教授，足见李氏家族兴医重教的文化氛围。

一洞梅花十二桥，曾经诗情画意的景色，历经岁月年轮，终究随风而去，只留给后人美丽的传奇史话。

葵溪那些年

溪碧绿清盈，倒照两岸绿树葵影，鸭子在悠然划水寻觅虾仔鱼仔，泛起一圈圈的涟漪。"白毛浮绿水，红掌拨清波"，恬静的小镇水乡也颇有几分唐诗的意境。

葵溪，俗称市边涌。葵溪一带，明清时代已是榄乡风景胜地，北靠凤山，南向大庙。明崇祯年间，大学士何吾驺辞官归故里，在此置地数十亩，兴建翁陔园，北至凤山脚，南至莲塘街，葵溪横贯其中。翁陔园内，处处松林花草，亭台水榭，有元气堂、愚公楼、松风阁、宝纶阁、吸和轩等名胜，古为榄溪八景之一。

到了清代，因海禁迁界之劫，翁陔园遭迁毁，

小溪水流淙淙，带走纯真烂漫的童年。

园内的美景也随之消散。康熙八年（1669）复界后，此地人气才开始旺盛，建起了连绵的屋宇。到了民国时期，葵溪两岸青砖老屋古朴厚重，祠堂林立，别是一番风景。

据说1895年孙中山领导广州反清起义失败后，被清政府下令缉捕，他于10月27日逃到小榄，得到小榄义士的帮助在昭忠祠躲了一夜。次日，他从侧门静悄悄出行，经小榄凤山绕道莺哥咀，乘搭舟船出逃澳门，随后辗转至香港、日本。十六年后，在他的影响下，辛亥革命起义成功，一举推翻了中国两千多年的封建帝制。

20世纪五六十年代，葵溪北岸扩宽修筑马路，两岸种植了许多葵树。那时葵溪北边建有人民公园、灯光球场、青少年宫、招待所，南边建有工人文化宫、小榄影剧院、镇二中、园林管理处，是小榄文化娱乐的中心。

葵溪自古就与菊有缘，每逢盛大菊会，葵溪两岸便是花台高筑，菊景处处，千姿百态。在葵溪水面搭起的花桥、花台、花塔、花亭，衬着碧波水影，流光溢彩。

在河溪的尽头有一座建于 1959 年的凉亭，叫迎菊亭，位于小榄影剧院的后门。城里城外逛街的人走累了，也喜欢在凉亭里的水泥椅上歇歇脚，镇上有空闲的人也喜欢占着中央的石台石凳，打打扑克，下下象棋。时常有象棋手到此对弈，亭内便会挤满观众，黑压压的人群高低错落围成一圈。棋局激烈胶着的关头，一些性子急的观众干脆捡起盘中棋子走动起来，气得沉醉于棋局的棋手七窍生烟，怒吼抗议。若碰到脾气暴躁的棋手，非要捋袖揎拳，几乎要与观众动手打一架。不为名不求利的棋艺消遣，居然也想大动干戈打一场，这样的情形令人忍俊不禁。

葵溪北面的人民公园是少年时最爱去的地方，公园里树木葱茏，四季花朵连绵不绝。年少的我们时常去看挺拔怒放的红棉花，满山腰灿烂如火的红杜鹃，随风摇曳的凤凰花，满树绽放的紫荆花，千姿百态的盘景菊花。淘气的我们时而攀着凤凰台边满陡坡的粗壮榕树根上山，专挑险要的路径下山，每次爬山都是疯玩，不怕艰苦险阻，直至汗流浃背满身泥尘。

20 世纪 80 年代初，海外侨胞乘着国内改革开放的春风，纷纷回乡投资办实业，支持家乡经济发展。在紧邻镇招待所的土地上，由小榄旅港同胞投资兴建了一家豪华的榄溪酒家，酒家于 1982 年 11 月开幕，万众瞩目，轰动一时。酒家首层是榄溪商场，二楼是餐饮茶市饭市，三楼是小榄首家"的士高"舞厅，还有阳台花园，内设品茶雅座。酒家位置优越，环境优美，装修富丽堂皇，融入了港式酒楼管理特色，价钱走平民化路线。开业后茶市、饭市及歌厅生意红红火火，成了小榄盛极一时的地标式酒家。1994 年，镇招待所及榄溪酒家被一并拆平，在此兴建了一间星级旅游假日酒店，"榄溪酒家"便成了小榄人的历史回忆。

葵溪的南边是小榄二中，坐落于现在的文化产业基地中心。当时学校没有楼房，都是砖瓦平房的课室，古朴高大的祠堂当了学校的办公室。校园里长有粗壮的凤凰、白兰树，绿荫一片，盛夏时凤凰树花开似锦，白兰花香飘逸，沁人心脾。

1976 年，中国发生了许多惊天动地的大事。9 月，毛泽东主席逝世，举国悲痛。学校组织学生砍来青竹，折下绿叶青翠的树枝，剪白纸花，写挽联，扎成一对对花圈。我们抬着花圈，臂上戴着黑纱，排着长长的队伍去参加浩大的追悼会，听着哀乐，泪水哗哗直流。10月，中央粉碎了"四人帮"反党集团，举国欢腾。全校师生拉起横额，浩浩荡荡的绕镇一周游行庆祝，一路上敲锣打鼓，高呼口号。

这一年，学校正式结束了各种各样的政治运动，结束了白卷英雄的时代，开始恢复学校的正常秩序。学生再也不用写批人整人的大字报，重新走上了专心学习数、理、化、语、英的正道。

那年我才第一次上英文课，开始认识ABCD等二十六个字母与音标。小学时代，学校忙着搞政治运动，搞校外劳动，不重视文化教育，上初中后一下子涌来海量的文化课，真是"压力山大"，压得同学们都透不过气来。上英文课，云里雾里，不知方向，只好在每个英文单词边用铅笔写上中文的谐音。数学物理也是弄得一塌糊涂，实在没法子交作业，十个八个同学便揪住学霸的作业簿抄个痛快，学霸每次做错一题也导致一群同学一字不差地错，招致班主任严厉批评一番。实在是基础太差，步子赶不上来，被批评过后，同学们仍然故技重施。老师也没办法，只有充当猫头鹰，睁一只眼闭一只眼。

邻近镇二中的园林管理处，是一处美丽的地方，低矮的通花围墙，一座雅致的办公小楼房立于花木掩映的花园中，花园有水池，假石山盘景，形态奇异的松树，令人赏心悦目。园林管理处后来被拆，建了新大楼，曾开过一间歌厅，最后改造成为小镇家喻户晓人气旺盛的园林酒家。

到了20世纪80年代中期，碧绿的葵溪被泥土掩埋了，改建为长廊花坛，后来又改成了人行道兼停车场。迎菊亭拆毁后，栽上了榕树，现在已长成参天大树。

葵溪两岸有太多太多的故事，小榄影剧院、工人文化宫、青少年宫、灯光球场、榄溪酒家已成过眼云烟，消逝于悠悠岁月之中。

绿槐里 6 号

秋高气爽的时节，我与同窗好友阿燕相约，探访她的祖屋。我们转弯抹角来到位于新市旧区的横巷绿槐里。站在木门紧闭的 6 号院子前，从前的古老趟栊门消失了，装上了一副铁拉闸。推门进去，过了门廊，但见宅院凋零破旧，石板天街杂草丛生。阿燕在这里长大，熟悉这里的一土一木一桌一凳，有着深厚的感情。父母后来迁居到新区，她也就十几年没回过这座大宅院了，面对如此光景，禁不住唏嘘叹息。

大宅院面积约 460 平方米，建筑坐北向南，分前后两间镬耳屋，前屋矮，后屋高，各有左右耳房。前屋是硬山式顶，镬耳墙，前檐镶木，雕刻花纹图

古朴厚重的建筑，无声地倾
诉着历史的变迁。

案，厅门有六扇木门，雕刻如意吉祥图案。后屋坚
固挺拔，门口用扇形红米石砌成三级石阶，青砖墙
下部用褐色花岗石砌作六米高的基石以防盗贼。屋
分三层，一二层的耳房住人，第三层的四周留有枪
眼，可以与贼匪防御周旋，紧急时一家人躲进屋里，
贼匪一时半刻也是束手无策，徒呼奈何。

　　阿燕小时候一家六口住在前屋，大伯父人口较

多，就住在后屋。三代十几口人，熙熙攘攘，人气旺盛。天街栽种了金银花，藤蔓爬满了竹棚，绿意盎然，是周边人人景仰的豪门大宅。

宅院始建于清代乾隆年间。道光初年，何氏家族在此开设同记丝庄。

清咸丰四年（1854年），太平天国运动风起云涌。小榄的三合会（又称天地会）积极响应，加入到起义军的反清斗争。义军头扎红巾，故又称"红巾军"。小榄义军与南海三合会的九江义军里应外合，一举攻占了小榄。义军入驻后，张贴布告安民，下令剪辫，禁止妇女裹足，不准买卖妓婢，并令富户捐钱助军。乡民裹红巾，设坛拜盟，纷纷参加义军，队伍迅速扩大，号称"西义军"，设立大本营于绿槐里6号同记丝庄，成为三合会的一个据点。咸丰五年（1855年），清军大举反攻，义军后继无援，力量大大减弱。义军占领七个多月后溃败，小榄再次陷入清军手中。太平天国期间的香山三合会反清起义，以小榄为中心和据点，又以在小榄的失败而告终，写下一段轰轰烈烈的悲壮的历史篇章。

后来何氏家族收回宅院，不再复业，空置五十

掩在青翠中的宅院，历尽岁
月的沧桑依然屹立。

余年后，把宅院典予罗氏人家。1934年，阿燕的曾祖父以华侨的身份，用白银五千六百两购买了宅院。冯氏家族一直在大宅院里生活，至九十年代开始陆陆续续迁到新区居住，大宅院也就渐渐沉寂荒废了。

走进宅院空荡荡满布尘埃的主楼，有点阴森落幕的感觉。我小心翼翼地爬上木板结构的楼阁，上楼顶的木板与梁子被白蚁蛀空了，摇摇欲坠，不知名的树根从屋顶垂下，与楼上的木梁缠生在一起。二十年前我们随阿燕登上楼顶，眺望小镇的蓝天白云，今天已是登顶无望了。

如今，大宅院被众多绚丽的新楼房包围着。这座老屋见证了二百多年的风云变幻，历尽岁月风雨沧桑依然屹立不倒，那份古朴厚重的感觉更加弥足珍贵。

辉 煌 的 灯 光 球 场

从前，小榄的娱乐节目稀缺，除了偶尔看看电影，观看篮球比赛就成了小榄人的至爱。20世纪70年代，小榄灯光球场屹立在现在的凤山公园游乐场，体委楼与球场售票处建于现在的小榄电视台。20世纪70年代初，镇里动员广大工人群众义务劳动修筑球场，众人担泥、填土、抬石、砌墙，硬是凭集体的力量筑起了球场。外墙用石头堆砌的灯光球场质朴简单，虽然不能与现今华丽的小榄体育馆媲美，但那时却是难得的宏伟壮观。

当时有钱买篮球来练球是一种幸福。白天，几个清贫小子溜进球场玩耍，虽然无钱买篮球，但仍然空着手在罚球区练投球，或冲向篮筐作钩手上篮

灯光篮球场，承载小榄人不
畏强手的拼搏精神。

的动作，一副落力而专注的神态。有时一直冲上观
众席十八级石阶的顶端，倚在栏杆上感受一下球场
的宏伟气势，场外高大的榕树枝叶在头上伸手可及。

镇里每有重要的篮球比赛都在这里举行，镇内外的球迷蜂拥而来，人山人海，整个球场座无虚席，很是热闹。露天球场的石板凳受夏日骄阳暴晒，待到晚上开赛时，石板凳还相当的炽热烫手，观众每人自备厚厚的报纸、鸡皮纸垫隔热。

当年的小榄篮球队由清一色的本土球员组成，人强马壮，骁勇善战，是少有的一支镇级劲旅，常常邀请省内外的市级队前来比赛。何乃基是小榄篮球队的绝对主力，他身体健硕，下盘扎实，投篮精准。他勇猛如一头狮子，左冲右突，带领球队与强敌对垒。何乃基颇有明星气场，他一登场，就令观众亢奋万分。

最经典的一场是与江门市队的比赛，双方打得难分难解，小榄队每投进一球，场上都爆发出山呼海啸的呐喊。主场令小榄球员如有神助，封堵对手强攻、争抢篮板、远投、中投、突破上篮，全面开花。主场的观众心花怒放，大呼过瘾。买不到门票的球迷拥堵在门口，宁愿站一晚上，也要听一下裁判的哨声、场内的呐喊声，感受场内狂热的比赛气氛。球场上本土球员积极进取，不畏强手的拼搏精神感染着现场的所有观众。

20世纪90年代，宏大的灯光球场被拆卸，从视野中消失，但球场上山呼海啸、激情澎湃的气氛仍令人怀念。在改革开放的大潮中，小榄人也秉承着篮球运动员自强不息的精神，打开了勇于创业、不畏竞争的发展局面。

新市和婚宴

20 世纪六七十年代，在新市逛骑楼不怕日晒雨淋、其乐无穷。副食杂货店林林总总，大多数商品都可以散卖，糖果、凉果、食盐、南乳、腐乳、生粉、腐竹、白醋、黑醋等琳琅满目。还有三毛八或二毛八一斤的瓦缸散装米酒，散装豉油、上豉，街坊都拿着空瓶去装白酒、打酱油，带空碗买一点上豉、腐乳做调味料。隔壁还有咸鱼铺，路过时，飘过阵阵咸香的鱼腥味，有剥皮牛鱼、带鱼、塔沙鱼、红衫鱼、马交鱼，令人不禁口水直流。那些咸鱼肉质虽然有些糜腐，但洒上些姜丝与生油，在饭面头一蒸，咸香弥漫，令人胃口大开。

药材铺陈列着各异的动物标本，盘成一圈圈的蛇干、壁虎、蜈蚣、蝎子、蟾蜍、秋蝉、海马、鹿角、牛鞭。顾客一边在吊扇下乘凉一边观赏标本，耳畔听着执药师用铁圆锤在铁盅擂药发出的叮叮铃铃的悦耳声音，也是一番享受。有时家里要买点夏枯草、甘草、棉茵陈，买包沙溪凉茶，或买贴脱苦海，大都嘱咐小孩过来买，锻练小孩的做事能力。

单车铺开在晚市街的街口，里面摆满了密密麻麻不知从哪里收购回来的旧单车，大都锈迹斑斑，几个师傅维修兼出租单车，生意还挺忙。单车出租，一小时收一角至二角五分不等，视单车的陈旧程度定价，那些旧单车骑起来除了铃响，所有的零件都"吱呀吱呀"地奏出独特的金属进行曲。人们家里大都没单车，便几个人凑钱，租辆单车去一个空旷的地方学骑车。几个人轮流学习，由一个人双手扶着后座架，一个在前面掌握把手，一齐起步，奔跑加速，前面的人左脚踩着车踏，右脚跨过横梁，一屁股坐在车座上，平衡了身体便大呼放手放手，后面的人便撒手止步。飞驰了十来米，骑车人身子一歪，人与车就如醉酒汉摇摇晃晃地倒在地上，摔得一时三刻也爬不起来，望着在地上空转的车轮，惊魂未定。那时学骑车，就是在碰碰撞撞的伤痕中练成的。

在新市鳞次栉比的骑楼店铺中，有一间独特的小店，专门出租汽灯。那时小榄还没有民用电灯，家家户户都是使用煤油灯。当年办婚宴，为了省钱，人们大都在家里设宴，借用左邻右里的房子来摆酒席，请厨师，租碗筷台凳。摆酒席时，无奈房屋地方逼窄，即使借用左邻右里，仍然是台位有限，于是宴席便有头席二席之分。比如头席定晚上六点，二席就定晚上八点，主人家派请帖时会口头上叮嘱客人出席的时间。

摆酒席是不能点煤油灯的，光线黯淡，人影杂乱投射到墙壁上，气氛不好。主人家会到新市的小店铺租几盏烧煤油的金属汽灯，用软绵绵的白色灯纱网套在汽灯的吊圈上，用火点燃灯纱，一边用灯座上一条拉杠一拉一压的急速打气，当打够气时，汽灯嘶嘶作响，灯纱也涨得鼓圆了，发出刺眼的亮光。将汽灯挂于屋的高处，整个宴席的空间便亮堂起来如同白昼，增添了喜庆的热闹气氛。

请人做菜肴，厨师用砖头在空地上垒上几个结

煤油灯微弱的灯光，伴随着
那段艰苦的年月。

实的炉灶。主人家要备好一大堆上好的木柴，保证
炒菜时有足够的火力。

　　婚宴的例行菜单，有肉皮三丝汤、油炸脆皮五
花肉、发菜蚝豉伴菜心、冬菇伴白菜、猪大肠酿糯米、
芋头夹五花肉、酸甜咕噜肉、原条蒸鲩鱼、八宝糯
米饭等。饭后生果，通常是一碟十只香蕉，黄澄澄
的皮上带有一粒粒的黑斑点，刚好熟透，香气诱人。

　　那年代人人肚皮饥肠辘辘，吃上一顿喜酒，便
是一次难得的享受。杯酒交错，谈笑风生，桌上佳

肴美食全消灭，不用打包。即使有剩余菜肴，主人会留待下一日再炒热一下，更有另一种独特的隔夜风味。

办一场宴席，端菜递汤，洗菜洗碗的伙计不用另外花钱雇请，主人家预约一些街坊邻里与朋友来帮忙。邻里间一呼百应，今年你帮我，明年我帮你，大家也省下雇人打杂的工钱，办完事就送一条毛巾，搭一些礼饼与生果，以作酬谢。而帮忙的人对酬谢还推来推去，蛮不好意思的。这样浓浓的人情味，到如今已是难见。

那时办宴席，亲朋送礼多以送实物为主。亲戚间会送两瓶广东米酒，用红头绳将酒瓶腰身捆一下，瓶颈捆一下，捆绑得有点艺术，两瓶酒提起来稳稳当当，相当耀眼。有人买一些长方形的黄糖，用鸡皮纸包成书簿的样子，上面贴张红纸，用红头绳打十字捆个结实。有人买一块长方形上好的五花腩猪肉，贴一张红纸在上面。这就是小榄经典的酒、肉、糖恭喜。

在物资贫乏的年代，送实物往往比送礼金更显珍贵。而今，人们赴喜宴，大多是送礼金。

真真影相铺

在新市的骑楼年代，骑楼下的真真影相铺格外靓丽。行人常常不知不觉便停住脚步，流连在玻璃橱窗前，看那些俊男美女光鲜亮丽、明眸皓齿的照片，令人羡慕不已。

影相铺内的晒相室黑麻麻不见天日，只亮着一盏幽暗的红色电灯。照相大厅内的那套照相机相当庞大，伸出连接着绉褶布架的镜头，如一头罩着黑色脸纱的神秘怪物。相机脚架有几个轮子，可以左右前后的移动。照相的人坐在布幕前，听从摄影师的指点，摆正身板，同时被几盏炽热的反射灯照得脸红耳赤。摄影师上半身钻进机子的黑罩之中，调好焦距，将一块厚厚的底片板装上照相机上，然后钻出来，握住一个手榴弹一般的胶囊，态度和蔼地说，"放松一点放松一点，一二三"，用力抓一抓那胶囊，一张相片就照好了。

小榄的照相业大概始于民国初期。第一家影相铺名叫天然，由小榄人秦文楚创立，设在十二桥街。在照相机流入之前，人们要保存自己相貌，必须聘请画师以炭笔绘画于纸上，镶成玻璃镜架流存。相机刚兴起的时候，乡间不少人对这个黑色魔盒疑虑重重，担心会把人的灵魂摄走，很多人对相机敬而远之。当时的相机都是国外进口，价钱昂贵，在中国还是稀罕之物，即使在省城广州，对一般平民百姓来说，影相实属侈奢之事。那时进影相馆的消费者，多是社会名流，还有戏剧名伶与政商人士，相馆多展示名流名伶相片，以名人效应招徕生意。天然影相铺橱窗展示的是小榄籍粤剧名人李自由剧照，以增加乡人的亲切感。1930年后，照相材料价格有所降低，惠及百姓。1934年小榄甲戌菊花会时，便有很多人舍得花钱去拍张相片，为能身历六十年一届的菊花盛会留个纪念。

真真影相铺创办之初名为真真楼，小榄人张寿

影像，是一个时代，一座城市历史文化最真实的见证。

眉创立于 1940 年。张寿眉出身于书香门第，父亲是乡间闻名的教书先生，家族中人大都是文人墨客。他耳濡目染，自幼便喜爱琴棋书画。他开办过一家琴画社传授技艺，后来学到影相与晒相的技术，便在当时的新市街开设了一家影相铺。

　　当年还没有电灯照明，影相铺只有在屋顶与墙壁一侧铺设玻璃，利用玻璃窗透进的日光拍摄相片，

并用白布与黑布来调节背景的光线强弱。

　　1956 年，各行各业掀起公私合营，小榄私营影相铺正式终结。"新星""真真"两店合二为一，真真影相铺成为独此一家垄断经营的国营单位。没过几年，又转为供销社单位，经营模式折腾改了好几次。1966—1976 年间，真真影相铺一度改名为"工农兵摄影院"，以前的时尚风格被批判为"资产阶

级思想"，代之以工农群众的朴素形象。20世纪五六十年代，拍证件的结婚相的很多，到了七十年代拍全家福与毕业相流行起来。到了节假日，更是人满为患，门口排起了长长的人龙，经常是中午去排号，等到天黑才轮得到拍相。20世纪六七十年代，所谓的彩色相片都是靠人工填色的，而且是简单的颜色。虽然受技术条件限制，当年家里能拥有几张彩色相片，也是珍贵的侈奢品。

以前，晒了黑白照片便用彩色的纸角镶着对角，用糨糊粘在纸板上，或摆正或斜放，照片可以轻易从彩角中取出更换，整个纸板摆放好照片，用玻璃镜架镶起，呈三十五度斜角挂在墙上。普遍人家的客厅，除了太公太婆的黑色炭相，便是墙壁上一板一板的相架了。到朋友家里串门，光看那些照片听主人的讲解就得花上半天时间，谁家的相架多照片多，也佐证了这家人的富裕程度。贫穷的家庭大都不会去照相，更谈不上要摆相架了。

进入 20 世纪 80 年代，随着改革开放的深入，个体经营重见新天。1983 年间，小榄陆续出现个体照相店，结束了真真一店独大的垄断状况。随着市场经济深入发展，80 年代中期，部分相店开始购置彩色扩印设备，不仅设备精良、服务项目齐全，而且店铺装修时尚，环境高雅。一些大店开始引入港台影楼经营模式，恢复婚纱照相，小榄的照相业又重现青春活力。

而今，伴随着数码相机与高清拍照手机的普及，摄影早已走进千家万户，摄影自拍已成为老百姓记录生活，点缀精彩人生的一种乐趣。

弹指间，小榄的照相业已穿越了百年岁月，真真影相铺也经历了大半个世纪的沧桑洗礼，迁移了原址，仍然躲在新市的一隅，平平淡淡，默默坚守。

旧 时 过 大 节

儿时特别渴望春节的到来。一可以兜利是；二可以在春节里天天有鱼有肉有糖果食；三可以有新衣新鞋穿，未到年初一，新衣都只能搁在衣柜里。

春节前夕是一年里最忙碌的日子，各家各户着手垃圾大扫除，清除屋梁上的蜘蛛丝网，用石灰水粉刷墙壁，洗擦木家具，以红粉开水涂红厅堂的阶砖地板，张贴门庭对联新年画，摆设瓷瓶鲜花，准备好瓜子糖果。

过年前，老街人都喜欢到菜市场买回几斤鲜活的鲮鱼。把鱼宰刮干净，用盐腌出水后风干，放入混了曲酒的豉油中浸泡一两天，捞起来用草绳串在鱼尾上，排列挂于竹竿上，在阳光下晒干，就变成

熏腊肉繁杂的程序，充满着节日浓浓的喜庆气氛。

一条条硬邦邦香喷喷的封鱼。开年时，放几段封鱼在铝锅的米饭上蒸，和着饭味的鱼香一阵阵飘过来，诱得人口水直流。老街人还喜以五花肉、猪头晒制香喷喷的腊肉，以备过节时食用。

当时没有冰箱，晒好的封鱼、腊肉用胶纸或鸡皮纸封包，悬挂于厅堂的一角，连猫儿、老鼠也偷食不到了。要想知道哪户人家富裕一点的，就看看谁家厅堂挂的封鱼腊肉便心中有数了。

新年要蒸年糕，泡了一盆米，抱出尘封的石磨，清洗干净，倒一勺子一勺子的湿米进石磨的漏洞里，握住石磨的木柄用力转动石磨。不一会儿，雪白的米浆便从石磨的缝隙间冒出来，盈满了石磨盘的圆凹槽，源源不断地从凹槽溢到下面的瓦盆。将黄糖、发粉与米浆搅拌融合，倒进铝糕盆，放进烧沸了水的铁镬里，盖上木盖，用毛巾将木盖与铁镬的间隙塞得严严实实，蒸上个把钟头，一盆褐黄色香气扑鼻的拱形年糕便大功告成。人们通常会按一两个红枣在糕的中央，以图个好兆头。

新年前最重要是做油炸角，制作过程也最烦琐。为了省钱，很多家庭都是自己动手制作糯米粉。首先将糯米泡水，捞起晾至半干，然后将糯米倒进石春坎。家里的男人通常会揽起这个力气活，兄弟轮流上阵，双手捧起沉重的圆石柱春砸糯米，嘴巴嘿咻嘿咻地叫着，经过无数次春砸，糯米终成粉末。女人用纱筛将微细而雪白的糯米粉末筛下来，而筛剩的颗粒又倒回春坎，继续发力春砸，待春坎的糯米变成粉末，兄弟们已经精疲力竭。自从我能举得

金黄的年糕，象征着吉祥如意。

起圆石柱的那天起，就加入家里舂米的兄弟行列，贡献自己的一份力量。

做油炸角通常有两种馅料，一种是最盛行的花生馅，另一种是黑豆沙糖馅。做花生馅，先将花生仁用火镬炒香，去了皮，用玻璃酒瓶碾压成花生碎粒，拌上白砂糖，做成油炸角，香浓清甜，脆皮可口，令人食过返寻味。那时，过年进食的油角特别香甜，特别有滋有味，因为这些都是自己有份亲手制造的劳动成果，从舂米到捏油角，都有自己的一份付出。

大年初一，家家户户燃放鞭炮，满地是喜庆的红纸屑。那些买了进口收录机的家庭，将音量调得响亮，播放着恭喜贺喜的粤语歌，到处洋溢着浓浓的年味。

中秋节是仅次于春节的传统节日，因为有得玩，还有许许多多的美食。中秋夜，一家人吃完丰盛的晚餐，便在后院的天街设了张八仙台，摆上月饼、芋头及水柿、沙田柚、菱角，举行拜月仪式。

月圆之时，少不了一碟炒田螺。田螺提前两三天买回来，泡在清水盘中，让其吐干净螺中的泥污。待到中秋之日，用钳子剪去螺尖，以姜蒜辣椒酱油爆炒，再配上白酒、紫苏叶焖焗。一会儿，一碟香喷喷的田螺端上来，用手抄起一啜，弯弯的田螺肉跑到口腔里，带着紫苏叶特有香气的汁液，味道鲜美，令人回味无穷。

广西沙田柚是秋令水果，皮厚耐藏，一身是宝。剥去厚厚的柚子皮，双手便沾满清冽的柚香气味。扒开柚子肉薄薄的白衣，柚子肉湿润而清甜，含有微小的酸味，味道好极了。柚子皮削去黄色表皮，用水浸泡，以盐、糖、酱油来煮，好食又开胃，是一道廉价的好菜。

菱角黑漆漆像水牛的一对角，整体外形也似蝙蝠，寓意多福。中秋节给孩子吃菱角，祈求孩子聪明伶俐。以前，小孩犯了错不长记性，父母就会折叠起手指关指狠狠地敲小孩的脑壳，直敲得小孩的脑壳嗡嗡作响，两眼直冒金星。人们也往往将敲脑壳戏称为吃菱角，小孩子看见菱角，总会惊喜交集，有点忐忑。现在的小孩大多是独生子女，父母宠爱有加，哪舍得敲小孩的脑壳，万一下手不分轻重，那就后悔不已。

中秋除了月饼，还有用竹篾做的小竹笼，装一只戆态可爱的猪仔饼，既应节，又讨得小孩满心欢喜。小孩拿着猪仔饼，大都不舍得吃，非要挂着半个月，拿出去炫耀一下。

家庭宽裕一点的家庭会给小孩买一个纸扎灯笼，不舍得买而又有点手艺的，就自己动手，削竹篾扎一个灯笼架，用色纸画上动物图案，糊上竹架上做成灯笼。没钱没手艺的家庭，小孩会自己动脑筋，剥下芭蕉树的茎壳，简单的扎成竹筒模样，挖两个窗口，在底部装上蜡烛点燃。灯火闪闪从小窗口透出来，虽然没有纸灯笼那般透亮光彩四溢，但好歹也有一个自制的灯笼炫耀一下，凑个热闹。一班小孩撑着各式各样的灯笼，踩着石板路，走过老街，越过菜地，沿着鱼塘边巡游。

天幕上，圆盘般的月亮照得大地亮堂堂，宽阔的鱼塘波光粼粼，倒映着孩子们歪歪曲曲灯火闪闪的队伍，天上人间融为一体，那情景煞是好看。那些温馨欢愉的气氛、天真烂漫的笑声一直回荡在我心间，如今还在回味。

沙口河渡轮

　　小榄的沙口河从前有一大一小两个渡轮码头，一个是鸡肠窖汽车渡轮码头，混凝土筑成的码头坚固宽敞，往广州方向的汽车天刚亮就排着长队等候过河。渡轮一次只能运载几辆汽车，渡轮工吹着哨子，挥动小旗指挥车辆定位停泊，待车子停定，拿一块块的三角形木头垫在轮胎前后防止滑行。客车一般会安排优先过渡，上渡轮前，为保障安全，车上的乘客必须全部下车，步行尾随着客车屁股的黑烟蜂拥上船。

　　大概在 20 世纪 70 年代中期，坐客车从中山到广州，途中碰到不少河道，桥梁还未建起来，需四次乘坐渡轮，车子走在坑坑洼洼的泥沙路上要跑大

随着跨江大桥和高速路的发展，沙口渡口
完成了它的历史使命。

半天时间，摇摇晃晃。客车大多陈旧，座位又少，
没有空调，夏天热得人大汗淋漓。我天生晕车，在
途中经常满身冷汗林漓，吐得一塌糊涂。去到南方
大厦时，我已是四肢无力，如腾云驾雾，不知东南
西北。几个同学在西濠旅店开了房，下午要去黄圃
军校，问我去不去。我闭着眼还天旋地转，便模模

糊糊地拒绝了，一直昏昏沉沉地睡到第二天。听他们说，保管行李的时候，他们对服务员说，还要保管一件一百多斤的"物体"。服务员告诉他们，这件"物体"不能保管，不属保管范围。这事成了我们多年的笑话，也说明当年去一趟广州是多么折腾人。

沙口的小码头则低调地躲在水上人家聚居的海傍路，渡轮比汽车渡轮小得多，小榄、东凤两地老百姓通商出行，基本上就依靠小渡轮来回。小码头

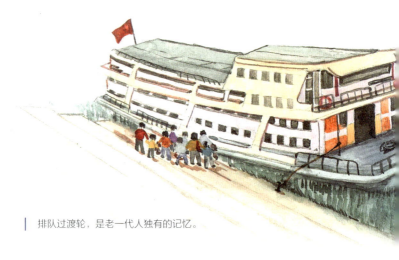

排队过渡轮，是老一代人独有的记忆。

往往要人聚集多了才打开闸门放行，自行车与人熙熙攘攘，加上挑着瓜菜过江的担子，便将渡轮挤得满满当当的。每年的洪峰到来，浊黄的洪水会把海傍路的石板小街淹没，房屋淹水严重的时候，居民要到处投靠亲戚朋友。当这里的居民愁眉苦脸的时候，镇里的小孩子却喜欢大老远跑到这里，卷起裤管，满街趟水看洪潮。

明清时期，生活于榄乡的水上疍家人，世代居于舟船或江边棚屋，风里来雨里去，以捕鱼、运输为生。当时小榄行驶于珠三角的客货交通运输工具主要是木帆船、橹艇和桨划小艇。帆船多是双桅杆，借风驶船，没风时靠人力撑篙摇橹，用作中长途运输。大型橹艇通常是一两个人撑篙，一人摇橹。带篷的经济艇多是搭客的，在交通要道的江边定点对开，俗称"横水渡"，这些船多是棹桨的小木船。随着时代的进步，"横水渡"从旧时代的棹桨小木船被机动铁船替代了，安全系数有了极大的提升。

近代的水上疍家人喜欢将木船聚集停泊在沙口岸边，食住拉撒就在船上。河道上时有大轮船经过，掀起大浪，将河边的船只颠簸一番，所以船家的孩童背后都绑上一块浮木，以防备大浪掀翻小孩掉进河里。船家的木船大大小小，新新旧旧，各有标识。船上的竹竿晾晒着大人小孩的衣裳，船头船尾还会养上一头狗或一笼鸡，偶有陌生人经过，狗也会吠上几声。那是一个夜里看星星，耳畔听浪声的地方，恬静而纯朴。

以前在放暑假的时候，我会不时约上几个同学，骑上家里的五羊牌单车，在小码头售票小窗买几个硬币模样的塑料牌，搭渡轮到东凤。我们先到新华书店看看有没有想找的连环画公仔书，然后兴高采烈地在东凤镇兜上一圈，直到满头汗水淋漓。大家凑钱买几根雪条，跑上堤坝上歇脚，一边尝着冰冻的雪条，一边看宽阔河道上来来回回的轮船和水上人家摇橹泛舟撒网打鱼的景象。

20世纪80年代，沙口河上建起了高高的跨江大桥。从此，汽车每天在桥上穿梭往返，汽车渡轮完成了它的历史使命，从人们的视野中销声匿迹了。

海傍路的民居也陆续搬迁了，改建为防洪大堤与绿道。旧日的小码头保留了下来，简朴的候船砖瓦房，简陋的铁栏杆闸门，老旧的长石板凳，高大苍劲的榕树，婆娑摇曳的凤凰树，依然是那么熟悉与亲切，恍如昨日。

沙口河最后留存的渡轮依然穿梭于两岸之间，不经意间为这个小城镇留下一抹历史的痕迹，勾起人们对岁月的怀念。

莲塘，往事繁华

从新市路踏进莲塘大街，一股古朴的气息扑面而来，街口古色古香的木门楼牌坊，两旁悬挂着一对木刻联句：行正义淘千年古玩，过莲塘览一路清风。街道长长的青石板路，墙壁砌上仿古青砖，屋边栽上翠绿的矮青竹，陪衬天然观赏石头，俨然一幅典雅古韵的建筑景象。这条旧城老街，聚集了众多的古玩书画店铺。

三十多年前，莲塘大街是小榄文化娱乐的中心，街上有影剧院、文化宫、冰室、西餐厅、商店、书店、学校。白天，学生挎着书包上学放学，人潮如鲫，满街欢声笑语。每到华灯初上，街头人潮涌动，热气腾腾，人们从四面八方前来消遣娱乐。

小榄影剧院是当年莲塘大街的地标，在周边地区很有名气，也是老百姓最喜欢去的地方之一。影剧院的前身是荔园酒家，开办于1917年，经营茶市、饭市，虽是单层平房建筑，但雅致可人，后改名龙泉酒家。20世纪20年代，因省城的茶楼酒家兴起歌坛之风，龙泉也跟风在后座开设歌坛，茶客可一边叹茶，一边听曲。到1931年，后座歌坛改成戏场，常安排一些粤剧戏班演唱，以吸引茶客。1945年，戏场因火灾停业，第二年重建后，改称同乐戏院，兼放电影，前座仍为茶楼，名叫新世界。此后因经营更迭，戏院先后易名为兴发电影院、国泰戏院、大光明戏院、升平戏院、大升平戏院、小榄人民大戏院，1956年再改名为小榄影剧院，其间茶楼与戏院一直并存，直到1978年间因消防原因，前座茶楼才撤销。

20世纪70年代，影剧院的对面开了几间小店铺，卖些花生、甘草榄、摩登瓜子、香烟、生果、酸萝卜、黑蔗，人们也习惯买些零食进场看电影，边看边嗑瓜子，散场时便见满地的瓜子壳。影剧院是恋人的圣地，当年民风纯朴，进场之前，拍拖不能并排而行，更别说牵手了，走路只能一前一后，装成互不认识，以避众口是非之说。只有全场关灯乌黑一片，恋人才敢拖拖手指，搭搭肩膀。当时播放的电影大多是样板戏《红色娘子军》《白毛女》《沙家浜》《红灯记》《智取威虎山》，还有《闪闪的红星》《鸡毛信》《小兵张嘎》《地道战》《地雷战》《渡江侦察记》《洪湖赤卫队》，观众看得如痴如醉。散场了，一时半刻还不能从电影情节中走出来。

当年电影院行情非常火爆，每遇到热门电影，便是人山人海，一票难求，有时更要托熟人开后门买票。电影院分日场夜场，夜场也分头场二场，往往头场的人潮刚散退，座位尚是热的，二场的人已经迫不及待入座。学校也经常安排小学生看日场电影，学生场有优惠价，看完电影，老师少不了要安排学生写观后感。

与影剧院一墙之隔的工人文化宫也是一个令人流连忘返的地方，内有演出剧场、小型篮球场、乒乓球馆、报纸杂志阅览馆、电视播放室。还有一个露天象棋会场，主席台墙壁上设有一副巨大的棋盘，楚河汉界两侧挂满棋子。时有国家或省市级棋手到此对弈，观众座无虚席，有评判现场唱棋，声调抑扬顿挫富有韵律："红子炮二平五，蓝子马二进三……"由一个男子拿住竹竿铁丫移动棋子，有时棋手连出几步快速杀招，挂棋的男子便会手忙脚乱，满额冒汗。文化宫确是那个年代娱乐消遣的好地方。

在影剧院正门的旁边有一间冰室，夏天时生意很好。电影开场前，人们喜欢进去喝一杯冰凉透心的绿豆或红豆冰水。那时挣钱难，买一杯冰水也挺不舍得的。往往慢条斯理地聊天，一点一点地喝，一杯冰水要喝上半个时辰。还有用高脚杯盛着的黄白双色雪球，绵绵软软，香甜柔滑，用小匙羹一点一点地挖来吃，也是炎热夏夜美好的享受。

白天，很多人来冰室取货，或用水银玻璃铁壶装满雪条，用扁担挑着穿街过巷叫卖。也有人用单车后座架装个木箱，铺了隔热的锡纸，装了一箱子的雪条，一直骑到乡村的墟市、学校叫卖，赚些微薄收入。

莲塘大街的街口有一间老字号的国营新华书店，是很多小孩子喜欢去的地方。小时候有零用钱，不舍得买零食也会去买本公仔书。店铺的玻璃柜与

莲塘大街往昔的繁华，已经随风而逝。

木架摆满书籍，也挂满林林总总的印刷年画，而马克思、恩格斯、列宁、斯大林、毛泽东的高清印刷画悬挂在书店正面最显眼的墙壁上。镇上所有的事业单位、工厂办公室一律都要张贴那五幅画像，以示紧跟政治大方向。普通人家的房子不大，厅堂中央只张贴毛泽东的画像。

　　20 世纪 80 年代后期，街上还开了碧桃园、皇冠西餐酒廊，霓虹闪烁，灯红酒绿，年轻人趋之若鹜，这条街人气更旺盛。

　　时光流转，随着小镇经济的迅猛发展，老城区被重新规划改造。老旧的影剧院拆除了，改建为新市汽车站，文化宫拆除重建为酒店与小型电影院。文化娱乐中心移往新城区，莲塘这片繁华之地便渐渐黯淡沉寂。

　　镇二中学校外迁，校园也改造为小榄文化产业基地，大院内绿树婆娑，遗留的祠堂修葺一番，恢复了古朴典雅的面貌。大院进驻了一批文化产业商家，有教导画画的画室，有经营红木旧家具、玉石的古董店，也有经营名家字画、崖柏木雕的店铺。

　　莲塘老街，祠堂古屋，老树篁影，满载着古时青莲满塘，花香飘逸的美丽传记，亦淹没于历史的尘埃中。莲塘夜月，蕴藏着说不尽的往事繁华，诉不尽的岁月风情。

允利酒庄

2016 年 3 月，一年一度的茶薇文化节又在小榄菊城酒厂生产基地举行。我在车潮人海中邂逅到蓝田街的老街坊何家炽、家锡兄弟，闲谈中知晓他们是允利酒庄家族的后人。

在茶薇文化节开幕式上，主持人赞扬了允利酒庄在历史上对茶薇酒发展的卓越贡献，何家炽代表允利酒庄家族登台领奖。走进菊城酒厂的茶薇文化陈列馆，我细读小榄近代生产茶薇酒的历史资料和图片实物，倾听允利家族的传奇故事。

何家炽介绍，他的祖父何允明生于 1848 年，二十岁时进酒坊当学徒，十几年勤恳打工学习酿酒技术，三十多岁辞别老东家，在岗底涌创业开设允利酒铺。赚到第一桶金后，他信心大增，四十岁搬入商业兴旺的蓝田街扩大营业，改名允利酒庄。允利酒庄在蓝田街购置了房屋物业作为生产基地，在下基、新市都开有销售店铺。

允利酒庄自己不种荼薇花，每到清明前后，向花农采购大量新鲜采摘的荼薇花，花瓣经过处理放入陶埕，注入适量白酒加盖密封，让花瓣在白酒中充分浸泡，一个月后才可蒸馏。

允利酒庄一直坚持古法酿制白酒，用大米、黄豆制作酒饼，发酵，蒸馏，以严谨的工艺技术酿制出芳香馥郁、口感醇厚绵长的荼薇酒和米酒，在市

古法酿制的白酒，犹如精雕细琢的艺术。

场上口碑很好。

从前燃料缺乏，蒸酒又需要燃烧很多木柴，酒庄人时时发愁。当时小榄有几个大米铺粮仓，收购储存大量谷物，再用打米机脱去谷皮打成大米出售，产出了堆积如山的谷皮。谷皮俗称大糠，允利人盯上了廉价方便的大糠，想方设法改造炉灶，建了特别的漏斗炉口，经燃烧试用，效果挺好，之后便大量收购廉价的大糠作燃料。高峰时更辟出150平方米的房子储存大糠，以备不时之需。

允利在酿酒的同时，利用酿酒产出的副产品酒糟，大养生猪，将猪的粪便卖给农户喂鱼或用作农田有机肥料，换回养猪所需的青饲料，这样就可节省饲养的成本。允利饲养生猪的规模较大，饲养数量常年保持在800头左右，下设四个猪场。每月可出售毛猪五六十头，一部分售予本地肉档，一部分运到香港利生猪栏出售。同时借助香港利生公司这个销售平台，允利酒庄将各款荼薇酒、三蒸米酒推销到港澳、东南亚市场，并委托利生公司进口生产所需的大米、黄豆等原料。允利酒庄精打细算，合理利用资源，大量节省成本，并逐步将积累的资金用于增持在利生公司的持股份额，后来更成为利生公司的大股东。

在当时蓝田街的低基里，有一条河涌，毗邻允利酒庄的生产基地，酒庄酿好的酒从这里的埠头源源不断运出去，大米、黄豆、大糠、猪糠、青饲料、猪只、猪粪都在埠头上装卸，每天熙熙攘攘，似乎成了允利酒庄的私家码头。

1935年，允利酒庄的创始人何允明走完了勤劳辉煌的一生。何家炽的父亲何均与兄弟接过庞大的家业，延续实行综合性经营模式，打造出一条较为完善的生产、零售、批发产业链，兼营进出口业务。通过几十年勤奋的经营运作，允利的经营在新中国成立初期达到高峰，成为小榄地区屈指可数的大商家和小榄酿酒行业的龙头企业。

1953年，国家通过了过渡时期总路线，实行烟酒专卖制度。私营酿酒业的工商户，归专卖事业管理局归边改造，酿酒户的设备和大部分资金，技工和主要劳动力，集中起来成立酿酒联合生产组，继续酿造米酒，由国家统购。1954年起，分步分批联营设厂，小榄成立酿酒第一、二、三厂。一厂设于永宁东宁桥侧；二厂由原允利的生产设备、技工和主要劳动力组成，设于现下基市场近炳记涌一侧；三厂设于东庙东阳里。小榄酒联总部设在下基街187号允利总店后座，由原允利酒庄何均出任总经理。酿酒的主要原料大米是重要的粮食资源，由专卖局统配。粮食统购统销后，则由县粮食局下达米粮指标到专卖局，再分配到各厂生产，其成品由专卖局安排各有关商店销售。联营后的小榄酿酒业迅速发展壮大，在当时小榄的工商产业中，占有重要的位置。1957年，酒厂迁往东凤，改制成为中山酒厂，原允利的酿酒班子成为中山酒厂的正副厂长、工会主席、车间技术骨干。

1966年，中山酒厂成为正式的国营企业。

允利酒庄一段跨越大半个世纪的传奇故事，是近代民营企业一个鲜活的历史缩影。在小榄茶薇酒业沉寂几十年后，如今又有本土的企业家气势如虹地扛起茶薇酒的复兴大旗，大有再续茶薇酒历史辉煌的势头。

旌义祠

在新中国成立前，小榄有大大小小的祠堂（包括书室）四百多间，分布在镇内大街小巷里。差不多每条街都有祠堂，一些小街内甚至有多间祠堂并排相接。

新市华光前街东西走向这一小段，以前叫祠堂街。祠堂街上有一座"大夫六世祖祠"，俗称旌义祠。这座祠堂是为崇祀小榄何氏六世祖何月溪，建于明正统初，据说是小榄最早的祠堂。

旌义祠原为三间四进，砖木石结构，用蚝壳作外墙，红石做墙角。祠内悬有"光裕堂"匾额，天井处立有"天朝锡命"石牌坊，祠外立有气势非凡的旌义坊牌坊。

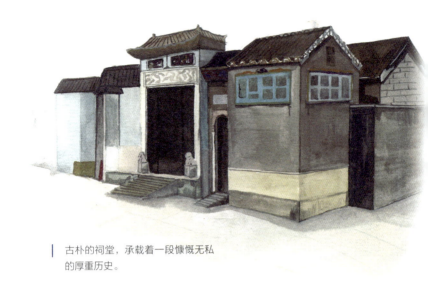

古朴的祠堂，承载着一段慷慨无私
的厚重历史。

旌义祠的建造，相传还有一段故事。

何月溪的长子何图源，是当时榄乡的大地主兼
粮商。据何氏族谱记载，他在明宣德七年（1432年）
已拥有良田1240亩，到了正统七年（1442年）增
至16540亩。有一年何图源贩运粮食到福建，遇当
地饥荒，民不聊生，他当即将所运粮食一千石全部
捐给当地赈灾，解了灾民燃眉之急。后来，官府将
此事上奏朝廷，皇帝知道后非常赞赏，打算封赐官
爵给何图源，但何图源不愿做官。皇帝于是下圣旨，
御赐牌坊，旌表何图源为义民，免徭役三年。

旌义坊牌坊建于明正统八年（1443年），为四柱三楼式木石结构，中门石柱前为广州府知府马骏骥赠联，联云：一表特旌忠义客，五羊争睹富豪家。后有香山知县周训赠联，联云：名扬上国闻千古，义赈香山第一人。旌义坊上层飞桷飘檐，下层石柱石基，雕刻有精美图案、花鸟人物，手工细致，形象栩栩如生。牌坊前整齐地排列着十多座石包台旗杆夹，有照壁墙一幅，中有"凝祥"二字。祠宇、牌坊、旗杆夹组成了气势宏伟的古建筑群，蔚为壮观。祠门前一对大灯笼，分别书上何月溪后裔何璟官职荣衔"御赐紫禁城骑马"和"闽浙总督兼署福州将军"字样，门外两侧竖有"高脚牌"十余匾。

1938年，祠堂曾作抗日宣传阵地，在祠堂门口演出抗日话剧，歌唱抗日歌曲，组织火炬大巡游。1958—1959年间祠堂曾作"小榄镇剧场"，临时搭建了一个露天剧场，专演粤剧曲艺，为1959年菊展筹款，共筹得五千余元，至11月菊展开幕后剧场停办。其后，祠堂当做工厂工场和仓库使用。

旌义祠内的"天朝锡命"牌坊在1941年被飓风吹塌。旌义坊曾与广州四牌楼并称为广东五大牌楼，历经了五百多年的风雨沧桑，于新中国建立初期被拆毁。在此后的几十年间，三间四进的旌义祠被拆得支离破碎，只剩下祠堂头门一座。

2007年6月，由小榄镇政府出资修缮旌义祠现存头门，面积约149平方米，穿斗抬梁式结构，外山墙以蚝壳砌成。檐柱出跳挑檐，梁和枋上有木雕花柁墩，有博古垂脊、龙舟正脊，正脊两端有鳌鱼正吻，彩绘灰塑经过翻新后古韵犹存。

此地，还流传着一段关于何月溪与明朝状元伦文叙的传说。据说，伦文叙的父亲原是何月溪的佃

旌义祠，彰显着小榄人乐善好施的博爱精神。

户。有一年晚造收割后，他带了10岁左右的伦文叙，用艇搬谷来榄交租。因为来到太晚，未能赶及卸粮，就将艇泊于梅花洞月溪谷仓的涌边。夜晚月色皎洁，何月溪坐于临水的小楼上，望见涌边的谷艇，放出光芒，他循着光处走近一看，光即不见了，只有一个头大如斗的小孩，睡在艇头。他返回楼上，光芒又起，如是数次。他认定这个小孩必非凡品，翌早即寻着伦父，要求留下伦文叙，在家陪伴他的孙儿读书。果然，伦文叙过目不忘，下笔成章。何月溪的宠爱之心越发坚定，将第三孙女许配给伦文叙。后来伦文叙高中状元，奉旨迎亲，生了三个儿子。长子以谅，榜眼及第；次子以训，探花及第；三子以谦，中了举人，一门科甲鼎盛。

何月溪重文兴教的家风，何图源慷慨赈灾的义举，赢得了历史的美誉。一座旌义祠，也留下了小榄先民扶危济困、乐善好施的美名。

美华与三店

听说美华酒店要结业，我提前一天特意去买些早点，一款是油炸麻球，一款是煎饺子。闻着香喷喷的早点，一时感动起来。

在新市老城区里，我好久没去美华酒店消费了。结业当天十一点赶到酒店时，两层营业大厅已是人群涌动，座无虚席。电视台记者在现场采访铁杆老茶客，他们对美华的往事如数家珍，与店员视如亲人。他们目睹美华的结束，无不唏嘘叹息，说到动情处，甚至几度哽咽。

我赶紧四处找位，走遍二三楼，在最偏僻的尾房寻着一张空台，橙色的台布缝了补丁，椅套有好大的破洞。当年的美华酒店金碧辉煌，如今天花陈旧，四周墙壁黯然失色，当初的青春亮丽已成风烛老迈，暮气沉沉。今天人们蜂拥而来，毫不在乎酒店陈旧老土，满满带着对旧城区老酒店的一份深厚情感，再来品尝回味那些曾经熟悉的美食佳肴。

美华酒店的原址是一个叫咏觞的茶楼，创办于1923年，建在大庙前。两层的楼房，天台设有舒

美华酒店，孤独地坚守大排档的
传统温情。

适雅致的花园式露天茶座，其后改名为天天茶楼。1956 年公私合营，改为合商饮食三店。

在 20 世纪六七十年代，饮食三店是连带着骑楼的房屋，饭店后街是国营米铺，凭米簿定量供应大米、食油。马路对面是国营猪肉铺，凭肉票定量售卖猪肉，售完即止，每天清早都有很多人排队。

饮食三店虽然陈旧，不够气派，但终究是老字号，生意做得还挺旺的。三店的早餐与夜市很出名，生滚及第粥、生菜鱼片粥、大肉云吞面、牛腩沙河粉等味道鲜美。特别是鲜炸鲮鱼球，从油镬热腾腾捞上来，配上香浓的蚬芥，味道真是无法挡，直叫人垂涎三尺。三店的糯米鸡也很诱人，解开莲叶，带出了莲叶与糯米的淡淡清香，肥而不腻。

几十年前人们经济收入低微，一般人进餐馆也只是平价消费。三店最受欢迎的是点心外卖部，白糖糕、糯米卷、大肉包很受欢迎。最热卖的是白糖糕，又好吃又便宜，常常要排队抢购。早晨，点心师傅捧出一大盘热气腾腾的白糖糕，将小量生油涂在刀身上，然后用刀身轻轻拍打着富有弹性的糕体，雪白的糕面顿时油亮诱人，喷喷的气味直教人口水横流。那清甜松软齿颊留香的味道，几十年后仍记忆犹新。

20世纪80年代末，饮食三店拆除重建，改成综合商业大楼，命名为"小榄商业大厦"。首层开设商场，楼上经营酒店。酒店曾命名金陵酒店、中华酒店，直至1990年正式命名为美华酒店，成为小榄高档次的餐饮酒店。

美华酒店的烧腊非常出名，黑椒汁烧鸭、蜜汁叉烧、烧乳猪、烧鸡很受欢迎，除了堂食，外卖也非常红火。美华酒店鼎盛风光了很长一段年月，大小宴席应接不暇。后来，小榄兴建的酒楼越来越多，建筑面积越建越大，装修设计越来越豪华时尚，菜式创新更是日新月异，越来越精致而丰富多彩。美华酒店受制于大厦早期建筑的局限，大型的宴会慢慢被分流出去，只剩下小打小闹的餐宴。

其他酒楼已进入餐牌图文并茂、电脑点餐的高物价功夫茶时代，美华依然是传统的手写点餐，圈圈划卡，算盘计数结账，手推点心铁皮车，饮茶免茶位，走薄利多销的路线。

这些年，每天黎明前，服务员尚未上班，退休老人便三三两两去美华酒店，当做自家厅堂，自己开灯自己煲水泡茶，自斟自饮，自由自在。三元八元就可在此买笼点心，饮壶早茶，在其他酒店里是不可想象的。客人饮剩的九江双蒸酒、石湾米酒，写上人名寄存，大排档的温情传统这里还有。

美华酒店历经多年激流暗涌的商业竞争，终于撑不住要结业了，老员工不舍得那些天天见面的老茶客，老顾客更不舍得这个老字号，那贴心实惠的价格，那份浓浓的人情味。

美华酒店漫长的经营历程定格于2015年4月10日，从四面八方赶来的父老乡亲将酒店挤得满满的，作一次最后的告别。不少人在此摆过婚宴、生日宴、满月宴、答谢宴，这里写满小榄人岁月人生的珍贵记忆。

大富贵茶楼

小榄地处西江边，古时已是农商产品贸易集散地，商业与手工业相当兴盛，新市一带商铺林立，集合了日用百货、陶瓷、山货、药材、鞋帽、布匹、纸品、印刷、旅店、茶楼、蔬菜水果、鱼虾家禽各个行业，是自明代中后期起乡内最繁盛的商业区。

与北方人大碗酒大块肉的豪迈风格迥异，南方人在饮食上喜欢清淡，尤其钟意饮茶，从家庭、作坊、商铺一直到茶楼，总是茶不离手。许多经商人士喜欢上茶楼洽谈生意，手工阶层为接些手艺工作，亦喜欢上茶楼，泡壶红茶，点上几笼新鲜热烫的包子、粉果、干蒸烧卖、糯米鸡，一碗热滚的及第粥、生菜鱼片粥，一边饮茶一边商谈，吃喝之间生意也谈成了。久而久之，茶楼就越来越兴旺了。

新市的大富贵茶楼创立于 1925 年，在民国期间是小榄城区最有名气最具人气的茶楼，由乡人陈洪德父子开办。陈洪德农民出身，家境贫寒，最初以担谷糠力气活为生，后来听说担香粉挣钱多一点，就跑去担香粉送货了。他时常半夜起程，担到天亮到达买家的店铺，店主看着洪德一身汗水，脸色苍白，问其吃过早餐没有，洪德说没有。店主心肠好，总会倒杯水放一小片红糖，或盛些锅底的冷饭泡了水让他吃，洪德也是连声感谢。后来，店主还教他学会做神香的工艺，他慢慢就做起生产神香、塔香的生意了。

陈洪德的儿子陈永昌传承了勤奋的家风，十三岁就出来帮忙家计，跟着师傅到外地跑码头收买木炭，很快就学到挑选木炭的窍门，后来就试着买了几包回来在街边摆卖。他脚步勤快嘴巴也能说，进的炭质量好、价格又合理，回头客很多，渐渐做出名气。他后来在跃龙桥开了间巨安炭铺售卖木炭，顾客络绎不绝，生意越做越大，赚到了第一桶金。

陈氏父子有了富裕的资金，看到饮食业兴旺，资金回笼快，便开始谋划做茶楼的生意。他们专程到省城广州考察了几间老字号酒家，留意酒家的布局，细心品尝其精美出品。

1915年，陈洪德在新市大园开了富贵楼茶楼，迈出了进军饮食业的第一步。茶楼高薪聘请名厨师、点心师，精心制作、精心出品，开业便一炮打响，顾客盈门。经过不断摸爬滚打，他们累积了丰富的经营饮食经验，茶楼生意做得风生水起。

十年后，陈洪德父子买下新市晚市街口一大块旺地，兴建了一座两层的砖木结构楼房，开了第二间茶楼，命名大富贵。茶楼首层临街出租做商铺，面向新市大街，开了广安堂药材铺、悦珠饼家、永珍茶叶铺，靠晚市街那边开了时丰酒铺、饼干铺、秤杆铺。大门内侧摆了个卖香烟水果的小摊档，后座设有主人居家住房，喷水石山池，大型的茶楼厨房。

他们聘请名师工匠，精心策划雕琢大富贵茶楼的布局与装饰，招牌大字装饰了霓虹灯，正门口两侧竖立了一龙一凤水泥罗马柱，粗壮的柱上雕塑了腾龙飞凤的立体造型，凹凸精细、色彩华丽、神采奕奕，栩栩如生。柱内布有电线电珠，晚上通电亮灯，

纷繁热闹的大富贵,是小榄一个
时代的地标。

金碧辉煌,豪华大气。进大门,右边结实漂亮的木
楼梯直通二楼大堂,梯级的边缘铺了宽厚的纯铜片,
上面浮雕了防滑的花纹。二楼大堂的木楼板抹了一
层水泥,铺上色彩亮丽的菱形釉面花阶砖,墙壁木
窗雕有各款精美花纹,镶上颜色鲜艳的满洲玻璃,
煞是新潮好看。楼面有一个八角围栏,倚栏可俯望

欣赏地面大堂一座假石山观音喷水池，可以边饮茶边欣赏优雅景致。

民国时期，小榄还没有电力供应，大富贵主人花了一笔钱买了台发电机回来，自给自足茶楼的照明。在使用煤油灯的时代，到处乌灯瞎火的夜晚，只有大富贵茶楼灯火通明，亮丽辉煌。当年开张，大富贵以前所未有的"高大上"轰动了榄乡，成为小榄新市的新地标。

茶楼有早茶、午茶、夜茶三市，其中早茶市最为兴隆，天色未亮，厨房便已在煲粥蒸包，热气腾腾，茶楼伙计在摆台设壶，迎接茶客。

"虾饺——烧卖""生肉包——叉烧包""烟仔——火柴"，茶楼内叫卖声此起彼落，人声鼎沸，恍如墟市，煞是热闹。

大富贵茶楼参照广州大同酒楼，于大厅悬挂着一副对联：

大包不易卖，大钱不易捞，针鼻削铁，微中取利。
同子饮茶多，同父饮茶少，檐前滴水，何曾倒流。

从对联中道出茶楼的薄利经营，又慨叹世间百态、人生冷暖。那时，一般的茶客泡上一壶茶，点两件点心便消磨到收市，消费不高，主要是享受茶楼闲逸热闹的氛围。老板更看重人气，人头涌动就开心，望以薄利多销赢得人心。

听陈同德的孙女玲姨说，他们当年的生活之道是勤俭持家，茶楼将新鲜上好的鱼肉瓜菜都供应给顾客，到收市时，老板与家人都会食用厨房剩下的不太新鲜的瓜菜肉类。

1947年左右，由于国内烽火战乱，国民经济每况愈下，市场不景气，大富贵茶楼歇业，改为利民旅店，经营旅馆。

新中国成立后，结束了利民旅店，大富贵茶楼重开。几年后，公私合营，大富贵改名为工友茶楼，继续营业。八十年代，大富贵茶楼整座楼房被征收拆除，建成商品住宅楼。

他们的首家茶楼——富贵楼大约建于1940年前后，曾因不慎发生火灾，重建后改名"新富贵"，1956年公私合营为国营饮食企业，成为小榄人气最旺的茶楼。20世纪七十年代改名"新园饭店"，八十年代复名"新富贵酒家"，至 1992 年结业。

　　跨越了大半个世纪的时光，两家富贵茶楼先后谢幕，但小榄几代人还记得那时的繁华地标，还记得舌尖上的珍馐美味。

香飘蚬仔社

2014年，北区与福兴合并为一区，拥有悠长的河岸线，幽静美丽的河堤绿道，成了小榄人钟爱流连的地方，人们晚饭后都乐意去那里散步、骑单车。北区更是小榄人寻找美食的地方，大大小小的酒家食肆鳞次栉比，成行成市。尤其田园山庄最受青睐，每到华灯初上，这里车水马龙，食客如云。烤全羊、吊烧乳鸽、深井烧鹅、大盘鱼，美味佳肴，林林总总，诱人的香气飘然而来。

北区的蚬仔社闻名遐迩。两百多年前，附近的村民开始以捞蚬开蚬为主业，珠三角的蚬肉、蚬蚧多由此出品，于是人们便把这一带叫做蚬仔社。

每天清晨，吃罢早饭，蚬仔社的青壮男子便挑起自制的蚬箩铁捞，冒着严寒酷暑，划小木船到附近与周边地区的浅滩捞蚬，收获有时可达几百斤。下午返回村里，把蚬分派给家人和村民开剖。

以前物质条件缺乏，蚬仔社的村民每天捞获大量蚬仔后，为了保持蚬肉的鲜美，便用盐腌制，为除去腥味又加以汾酒、姜丝、陈皮丝一并封存，久而久之村民便发明了这种略带腐香与酒香的美味蚬蚧酱。

| 闻名遐迩的蚬仔社，离不开人们辛苦的劳动。

后来，人们发现把香爽弹牙的油炸小榄鲮鱼球蘸上咸香的蚬蚧酱一起食用，美味无比，齿颊留香。逐渐地，蚬蚧酱和油炸鲮鱼球便成为大家心目中公认的绝配了。

小榄鲮鱼球主要材料是鲮鱼，俗称土鲮，它的肉质细嫩、味道鲜美。小榄人自古便喜欢用鲮鱼起肉除骨做成鱼丸煮汤，用油煎成鱼饼炒菜，用滚油炸成香口的鲮鱼球。传统制法是选用生猛鲮鱼，起肉后用刀剁碎，先用盐捞打使之起筋呈胶稠状，然后配入生粉、陈皮、蒜茸和少许烧酒、砂糖等作佐料，亦有加入腊肉、虾米的，以同一方向，由慢至快地搅拌，制成鱼丸，再放入滚油镬中炸至金黄，浮上油面，即可捞起上碟。

现在酒楼一般都会用新鲜的生菜叶片作为配菜。食用时以生菜叶包着吃，既可把刚出油镬的鱼球降降温，又可增加清爽的口感，别有一番风味。

小榄昔日河涌纵横交错，今多已填埋为道路，郊野的鱼塘也日渐稀少，蚬仔几近绝迹。现在食用的蚬仔大都来自千里之外的江西、湖南。蚬仔社至今还生活着一群开蚬能手，保留着难得的传统特色手艺。在寒冬里整天将手浸入冰冷的水中，手指背都长满了冻疮，开蚬的妇女视之等闲。她们说，做开蚬这行，冬天双手都会生冻疮，习惯了。

在北区的山庄食肆，我品尝了一顿蚬仔宴，蚬肉生菜粥、蚬肉酿辣椒、煎蚬肉饺子、生菜叶包蚬肉。这是北区食肆最独特，最有乡土风味的美食大餐。

还有一锅鲜美的蚬仔生菜粥端上来，用米砂煮成，我已多年没吃到这种乡土风味的粥了。记得少年时，我也会煲这种米砂粥，就是先将米浸泡，捞到砂盆里，以擂浆棍将米粒磨成砂浆，这样可节省煲粥的柴火与时间。那时代，煮一锅韭菜生菜蚬仔粥，洒上一些胡椒粉，鲜味无比，成本低廉，也算是一道草根老百姓能消费得起的美食。一锅蚬仔粥，让我想起从前贫穷而蛮有情趣的日子。

红更寮

在小榄新市旧城区，有一个远近闻名的地方叫红更寮街，位于十二桥街与四亩地交会之处，大约一百多米长，短短的一条街道。红更寮的得名，当然是与更寮有关。更寮与打更在我国已有很长的历史，今天的年青人对于打更这行当可能不是很了解，只能从影视戏剧中看到，只有上了年纪的人才经历过。

古时，平民百姓家里没有计时器皿，唯有以日出、日正、日斜、日落为时辰之据，或测视星月位置，以定夜之迟早。老百姓晚上少有文化娱乐生活，基本上是日出而作，日落而息，人们听到更夫的打更声，便知道了时间。更夫通常以燃香方式计时，烧完一柱香出去打一圈更，即使清代已有了时辰钟，但在民间仍属稀罕之物，千家万户长期以来仍依靠听更鼓知时辰。

更寮是更夫值班的地方，更夫又称打更佬。由于更夫要彻夜通宵值班，一般人都不愿意做，大多由孤苦老人担任，有些由街坊、店家、富户集资雇请，有些是靠街坊熟人打赏"平安米"作报酬，收入微薄。

小榄以前连同乡郊有好几个更寮，旧时乡郊村民的住宅，大都是用禾秆草搭成的茅屋，容易引起火灾，打更佬除了打更报时外，还要负责防火和防盗的宣传，提醒居民提高警惕，万一有火灾也可以及时叫醒居民出来逃命。

红更寮是镇内一所较大的更寮，寮内设有更鼓、更锣，而且放置水柜、火钩、水桶、藤盾等救火器材。它外墙刷了大红色，与其他外墙灰黑的小更寮或茅草搭建的小更棚相比，显得格外醒目，所以小榄人都叫它红更寮。

几十年前尚未有"消防红"这概念，那时一个放置消防器材的更寮竟刷了红彤彤的颜色，可谓领先潮流一大步，难怪它一出现，便成了一个独一无二，红透了小榄的地标。到了20世纪二三十年代，镇内很多坊社都相继设立消防的"水柜公馆"，添置了救火器材，红更寮就慢慢地退出了历史舞台，仅留下一个令人怀念的名字。

在没有更寮后的一段很长日子里，小榄还是有打更佬打更的，这行当大概延续到20世纪60年代。记得在我年少的时候，有个打更人叫李根胜，住竹围，人称"盲根"。每天夜里，他提着灯笼，腰挎竹梆，走街串巷，富有韵律地念着他那《太平歌谣》："笃笃，一更啦！笃笃！提防更烛，时年丰熟；孝顺父母，兄弟和睦；关紧门扇，谨慎火烛；万物勤检点……笃笃！"即使是刮风落雨，也从不间断。颇具中气的喊更声，清脆的竹梆声，为不少人的清梦伴奏。

随着时代的进步，人们富裕之后开始购买时辰钟、佩戴手表，不再需要打更报时了，"盲根"打更报时也成了最后的绝唱，红更寮的寮屋与灭火工具也慢慢销声匿迹了。

20世纪80年代，改革开放的春风吹拂岭南大地。红更寮街搭了一个百余米长的星铁棚，开了几十档

红更寮街的服装大排档，为小榄人的衣着带来缤纷色彩。

售卖成衣服装的个体大排档，这是小榄最早的一批个体户。一个摊位七八平方，铺个一米高的木板台，摆满了服饰，架一些简陋铁线，用衣架挂满各式各样时髦的服装。早上摆摊，营业到晚上收档，大包小包的用单车拉回家。

在改革开放之前的年代里，几亿中国人的衣柜里，蓝、灰、黑几种颜色的衣服占据了绝对的地位，灰沉沉一片。国营百货商店售卖古老呆板的服装，人们更多是买了布匹，到车衣铺量身定做服装，但工期长，价钱又贵。改革开放后，人们的观念不断转变，对服装的需求也不断变化，服装开始步入了缤纷的彩色世界。当年，红更寮大排档服装琳琅满目，销售港澳流行的女彩裙、喇叭裤、牛仔衫、毛衣、风褛、鞋帽，款式多姿多彩，生意做得红红火火。春节前夕，整条红更寮服装街热闹非凡，顾客挤得水泄不通。

随着小榄经济的发展，镇内多个高大上的商厦拔地而起，经营大排档的商户不愿再风吹雨淋，纷纷将档口搬入商厦，升级换代，转营中高档的服装。红更寮大排档完成了历史的使命，星铁棚最终被拆除，重开了马路。若干年后，红更寮街慢慢地形成为打金专业街。

红 星 船

在南方珠江三角洲地带，滔滔西江流过，河涌如蜘蛛网纵横交错，滋润着广袤肥沃的土地。

从前，小榄的陆路交通工具比较落后，人们远行与运输货物大都依赖水上船艇，水上运输非常兴旺。那时，西江航道上各类客货运输船只穿梭往返，一派繁忙景象。

古时候，西江的运输船只主要是靠风帆、桨、橹做动力。清光绪末年，开始有由蒸汽动力小火轮拖带的渡船途经小榄揽客，也叫车渡，俗称花尾渡。民国初，拖轮动力渐由燃煤蒸气机改为柴油机，拖头亦从火船改叫为电船。电船拖带的花尾渡，载客多，宽敞快捷，往省城广州可朝发夕至，沿途经十多个埠头接载旅客。

20世纪50年代初，沙口麦氏码头改为小榄港务站客运码头。港务站码头毗邻沙口水闸，依枕着长年水源丰沛的西江水道，航运生意做得红红火火。

20世纪70年代，高大上的红星船面世了，结束了客运拖轮时代，花尾渡在西江辉煌了大半个世纪后，被淘汰了。红星船成为当时黄金水道上的明星，人们远行以坐红星船为荣，坐红星船风行一时，节假日更是一票难求。

红星船已经退出历史的舞台，它见证了一个时代的进步。

红星船船体涂白色，高大宽敞，气宇轩昂。船舱分三层，上层为三等舱，中层为四等舱，甲板下一层为货仓兼小部分五等舱。船舱的中间走廊分隔了两边的床铺，床铺分上下床，一个挨一个，连成长长一片。每个床位铺有草席，中间以矮木板分隔。无论男女老幼，都会在一目了然的床铺上休息睡觉。如果是三五成群的，或会将木板卸到边上，围成一圈打打扑克牌，玩"乌龟"或"百分"。

20世纪80年代，陪老妈与姐姐坐红星船到广州喝堂姐的结婚喜酒，因为晕车的缘故，老妈死活也不肯坐长途汽车。从中午开船，水道漫长，抵达广州西堤码头时，已是夜幕降临万家灯火，老远就望见高高耸立、灯火辉煌的南方大厦了。每个从乡下到省城的人，都必到南方大厦逛逛，从一楼逛到五楼，买点心仪的时髦东西。那时流行一种说法，未逛过南方大厦，就不要说到过广州。

红星船从小榄逆西江而上，沿途停九江、肇庆、德庆、封开，直至终点广西梧州。从九江上岸的旅客，大多直奔南海西樵游玩。每年悦城龙母诞的时候，挤满整艘船的都是前往悦城烧香求福的香客。他们

抬着烧猪，提着水果、香烛祭品，浩浩荡荡，人声
鼎沸。从封开上岸，可畅游小桂林。而旅游胜地肇庆，
更是整条西江水道上的热点。

　　红星船还有一条线路是去东莞虎门，往莞城、宝
安、深圳出差的人也爱坐这趟船，不用大老远绕道广
州、增城而浪费时间。早晨，一车车厂商的内衣、球
鞋等装满货舱，而客舱熙熙攘攘，乘客多是带着折叠
行李车去虎门富民批发市场拿服装、化妆品的小商贩。
下午回程的时候，小商贩满头汗水地拖着大包大箱的
货物挤上船，堆满船舱的过道，贵重货品则放在自己
的床铺边上，这样也会心安一点。

冬天，所有的活动木窗关严，寒风加湿气仍从不太密封的窗缝灌进来，冷得人直哆嗦，人们不得不租一张被子裹着御寒。盛夏，窗户全开，闷热的船舱依然充斥着一阵阵汗酸的味道。怕热的人躲于舱外的荫凉处，吹吹风，散散汗气。搭乘红星船最好还是秋天，凉风习习，立于船头看风景，说不出的惬意。

20世纪80年代中期，沙口大桥建成，高速公路兴起，水道运输便日渐衰退。红星船被慢慢弃用，浩瀚的西江亦日渐冷清寂寥。

红星船消逝于岁月的长河里，曾经辉煌的小榄港务站也逃脱不掉被拆毁的命运，成了江滨公园的一部分，历史的影像只能在脑海中寻找了。

每当在沙口河堤听到货船呜呜鸣响的汽笛声，仍然感到那么亲切，仿佛红星船还在西江河流上航行，令人不禁遥想那温馨而遥远的记忆。

铰剪巷往事

许多人可能不知道小榄永宁有一条奇特的巷子，叫铰剪巷，与小榄大观酒家只是隔了一条大马路。铰剪巷很形象，像把张开的剪刀，外婆的家就在剪刀的柄把上。从前房屋都是瓦房，街上一条石板路，石板路侧边是浅浅的排水沟渠，沟渠里生存着大量潜伏于乌黑稀泥中的红虫，常常看见有人在污泥里捞起纤细的红虫去卖钱喂金鱼。

外婆出身于东庙的周姓大户人家，带着丰厚的嫁妆下嫁到永宁铰剪巷的李家。外公家境也不错，在镇上的墟市开有炳记米铺。我从小就未见过外公，只记得外婆好有大家闺秀的气质，说话轻声柔语，步履轻盈，举止优雅，满头白发梳得丝丝不乱。她出门常穿一袭云良黑纱大襟衫，阔筒的黑纱裤，一对黑凉鞋，走起路来衣衫轻飘，颇有超凡脱尘的气质。

外婆每次来我家，住不过一两天就要离开，女儿、外孙诚意挽留也要回去。走的时候，她总是提着藤篮，撑起那把遮挡炽热阳光的黑色雨伞。

外婆家的门楼摆有三个黑色发亮的大瓦缸，用木板盖得严严实实。我实在好奇里面装着什么，想挪开一点缝隙偷窥里面的秘藏，但上面压了沉重的杂物挪不动，也就一直当这是个谜。后来才知道，有两个个装煤球，一个专门装家里人排泄的肥水。外婆的肥水从不掺水，卖价分外高，一缸能比别人卖贵一角几分，肥水佬也特意订着她的肥水来收。

外婆将家里打理得干干净净，平常也做些绩麻搓线的手工活以帮补家计。

外婆生了三个儿女，我母亲是老大，还有二舅三舅。二舅在茶楼工作，大富贵、新富贵、沙口闸头、下基茶楼都做过，厨房楼面打杂样样熟手。他做事勤快，性格直爽，中气十足，声如洪钟。二舅与舅母非常恩爱，从没听他们吵过嘴，三个儿子也传承了二舅的直爽性格。三舅在东庙搬运站做搬运苦力工，好饮酒，好久找不到对象。

二舅很关照我们，时不时送一些鲮鱼头与鱼骨过来。酒楼将鲮鱼削肉后做成炸鱼球、煎鱼饼，剩下的鱼头鱼骨，象征性收一点点钱就处理给员工。就算是没有肉的鱼头骨刺，对我们而言都算是一顿有鱼腥味的丰盛晚餐。二舅人缘好，每次来，大老远就听到他跟蓝田街棺材铺、蟾蜍膏药铺的街坊打招呼的洪亮声音。他很壮健，就是怕热，喜欢穿背心短裤，经常脚踏一对用汽车轮胎胶做成的很耐用的凉鞋。他每次来都骑着一辆二十八寸凤凰单车。他很爱惜那辆单车，三脚架都用绒布包住，车轮的电镀铁骨线擦得锃亮。摔坏自己也不能摔坏单车，成了二舅的一句名言，也可知一辆凤凰单车在当时是何等珍贵。

我童年时家里穷，总盼望年初二到外婆家吃一顿丰盛的晚宴。母亲每年初二回娘家只带两个孩子，虽然家里一大堆的儿女。母亲说，外婆家也活得不容易，不能抛大包袱给舅舅。有一年，母亲带着九哥与我到外婆家吃初二年饭。回家的时间，哥哥走了一会儿就走不动了，揉着鼓鼓的肚子，嚷叫肚子疼，去到河涌的木桥边一屁股坐在石级上，一脸苦楚表情。

母亲问："妈妈与弟弟食得好好的，为什么就你肚子疼？"

哥哥垂低眼皮，眼泪欲滴。

母亲说："你再不走，我就跟弟弟先走，等拐子佬拐走你。"

哥哥一手揪住母亲的衣角说："我今晚吃得太饱太饱了，肚子很疼！"

母亲一脸怒气，粗壮的手指揪住哥哥的耳朵扭了一圈，狠狠地说："活该，疼死你！吃饭吃够就好，你非要往死里吃！知错了吗？"

哥哥双手抓住母亲的手："妈，我知错了，我以后不敢了！"

母亲放开手，一屁股坐在桥头石板上，冲着哥哥说："回家啦！"

哥哥精灵的爬上母亲的背上，双手搂住母亲的脖子，母亲麻利地站起来，一手兜着哥的屁股，一手牵着我走过了摇摇晃晃的木板桥。

母亲一路走一边说："你再不老实，我以后再

小巷子里，拉着母亲的手，温馨
有爱。

不带你回外婆家！"

哥哥的泪大滴大滴掉在母亲的脖子上，他觉得母亲说的是对他最大的惩罚，小声嘟囔："妈，我平常都吃不饱，饿得肚子咕噜咕噜叫，我今天忍不住吃过了。"

母亲一下子默然了。我抬头望去，母亲的眼珠红了，眼眶盈满了泪水，泪珠扑扑地打在脚下的石板路上。

过了很久，母亲平复了情绪，说："你妈命不好，你爸去世得早，我们家里穷、吃不饱饭。但做人要正直，要有礼节，挺直腰杆做人，不要想着不劳而获，总想贪图别人的东西。有手有脚去做事，饿不坏人！"

哥哥在背上认错，保证以后再也不敢了。

那一晚，铰剪巷那一段石板路，我终生难忘，也影响了我一生。母亲受的苦，母亲的纯朴话语，我一直铭记于心，母亲正直淳朴的品质传给了我。

消逝的参天古榕

　　20世纪70年代的某个夏天，一个矮胖男人领着带备绳索锯斧的一组人，来到舍人庙十字街头要砍伐古榕树。几个男人麻利地攀上大树，先锯掉部分丫枝，雀鸟惊慌失措地飞离巢窝，绕住树冠盘飞，最终还是远走他方。枝干被用绳索捆住一段段的锯，锯到将断之际，树下的人用绳子奋力拉扯，枝干发出断裂的巨响。另一些人利用缠在树干上的粗绳将断木缓缓吊下来，地上落满枝叶和榕籽。

　　随着日子一天天过去，一段段粗壮得成年人都抱不过来的枝干躺在地上，还带着一束束长长的棕色胡须。男人们大汗淋漓，用长锯艰难地锯着树干。主树干实在是太粗壮巨大了，连长锯片也拉不过来。

> 大榕树，随着童年的逝去一起消逝了。

于是，弃用锯片，几个壮汉赤裸上身，轮流挥舞着利斧砍伐。利斧砍下去，发出低沉的砍伐声，树皮碎屑四溅，树干流出乳白色的汁液。

孩子们坐于横躺在地的粗壮枝干上，依依不舍地抚摸着粗糙灰黑的树皮，感觉鼻子酸酸的，眼睛静静地潮湿了。

伐树费时个把月，最后，连爬满石板路边和深扎于黑土之中的粗壮树根也被砍凿挖净，只剩下一个庞大的泥坑。一段段弥散着榕木酸味的树干被搬上大板车，一车接一车拉走，大概当做木柴拉去某个饭堂烧水煮饭了。

在老街度过漫长岁月，历经狂风暴雨屹立不倒的参天榕树，终究逃不过人们的砍伐，从此消失了，再也不复从前的浓荫与风景。孩子们坐在泥坑边的青石板凳上，顿觉太阳明晃晃的太刺眼。十字街头空荡荡的，孩子们的心也是空荡荡的，沉默的心底涌起一阵阵酸楚的失落感。

徜徉于现在的老街上，每每涌起一种浓浓难以割舍的情怀，昔日的绿野鱼塘已不复存在，矗立了纵横交错的民居楼房，不禁令人感叹世事变迁。

舍人庙早已被拆卸，建了住宅楼，老街变窄了的十字街头，不知何时重新栽种了一株高高瘦瘦的榕树，倚在小学大楼的墙边角落里倔强的生长着。

孤伶伶的双美桥寂寞地静卧着，再没人去走那些古老得没了棱角的石级，再没有姑娘在桥边的埠头洗衣，再没有那些孩童喧闹游泳的景象。

昔日在桥上跳水的少年，在桥下游泳的孩童大都迁离了这条老街，各奔东西。孩子们历经艰难岁月的磨砺，长大后仍保持着老街人吃苦耐劳、自强不息的奋斗精神。穷人的孩子早当家，昔日打野战的勇敢小士兵，有的已成为驰骋工商界的企业家。

不管老街如何变改，这片曾经鸟语花香，让我们纵情快乐，哺育我们成长的肥沃的土地，依然深深地镶嵌在记忆里。老街昔日的风土人情犹如一幅色彩斑斓的画卷，颜色虽然渐褪，却被铭刻保留下来。